MŁODA POLSKA - WPROWADZENIE

若きポーランド　手がかり

関口時正

未知谷
Publisher Michitani

図２　ヴィトキェーヴィチ《黒池 —— 吹雪》1892 年／本書 17 頁

図３　ヴィトキェーヴィチ《風炎》1895 年／本書 17 頁

図7　ヴィスピャンスキ《ヘレンカと花瓶》1902年／本書45頁

図8　ヴィスピャンスキ《自画像》1903年／本書38, 46頁

図 11　『ポーランド文学史大鑑』(PWN) ／本書 61 頁、以下タイトルとカバー絵について

左から「ロマン主義」テオフィル・クフィアトコフスキ《ショパンのポロネーズ》一部、1859 年
「ポズィティヴィズム」ヴワディスワフ・ポトコヴィンスキ《ワルシャワの新世界通り――夏の日》一部、1892 年
「若きポーランド」スタニスワフ・ヴィスピャンスキ、パステル画《薔薇》と呼ばれることも。1896 年
「戦間期二十年」ヴィトカツィ《全面的混乱》1920 年

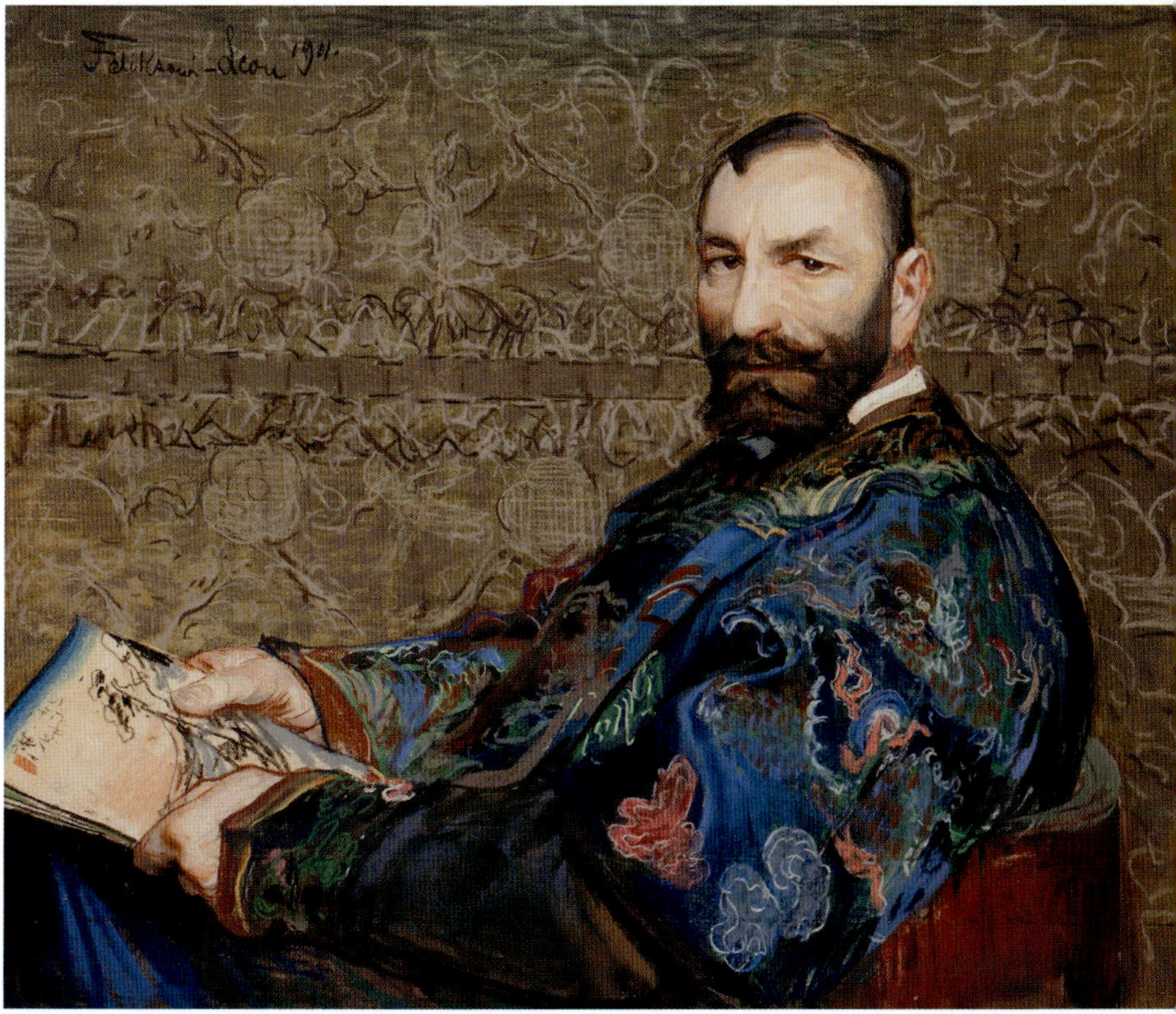

図 24　ヴィチュウコフスキ《フェリクス・ヤシェンスキ》1911 年／本書 126 頁

図13　マテイコ《ポロニア――1863》1864年／本書70頁

若きポーランド　手がかり

目次

イメジャリー

バックグラウンド

マニフェスト

資料

若きポーランド　手がかり

イメジャリー

作曲家カルウォーヴィチ

大学でほぼ毎年開講していたポーランド文化史の授業で、《若きポーランド》の時代になると、きまってある音楽を聴いてもらった。一八九六年、日本では明治二九年頃の歌曲である。《若きポーランド》の雰囲気を知るのに手っ取り早い方法だと思ったからで、今でも私はそう思っている。ピアノが伴奏する独唱歌曲を二〇曲あまり、どれも短いので——短いものは三〇秒台で終わる——全部聴いても三〇分もかからない。ただしすべてポーランド語なので、歌詞の日本語訳を配り、読んでもらいながら聴く。音楽を聴きながら「詩」を読むのが味噌である。

作曲者のミェチスワフ・カルウォーヴィチ（図1）は、授業を聴講する多くの人と同じ歳の頃、十九歳でこれらの曲を書いた。作品番号は一番から始まる。つまり最初期につくったもので、その後彼はほとんど声楽には戻らず、交響詩を六つ書き、作品一〇《太古の歌》

が一九〇七年にベルリン・フィルで世界初演され、一九〇九年一月二二日にはワルシャワ・フィルでも国内初演されて成功したが、二週間後の二月八日、タトリ（Tatry）山地で単独行中に雪崩に遭って死んだ。

二二曲のうち一〇曲は一人の詩人が書いた詩に作曲したもので、しかもそのほとんどが、作曲した年（一八九六年）の二年前に刊行された詩集から採られている。つまり文字通り現代詩と現代音楽が合流したものだった。

その詩集、《若きポーランド》を代表する詩人の一人と言われる、カジミェシュ・テトマイェルの『第二詩集 *Poezye. Serya II*』から、一篇を見てみよう。

野をめがけ　（プレリュードⅧ）

野をめがけ、森をめがけ
牧場へ、果樹の園へ
薄墨色の水面《みなも》、雪の山稜めがけ、

図１　サタン峰頂上のミェチスワフ・カルウォーヴィチ　1907年

蒼ざめた月をめざし、

銀河光のふりそそぐ宇宙の
無辺際の深淵をめざして飛ぶ、
青く、静かな、翼ある
私の魂の音楽。

『第二詩集』には「プレリュード〔複数形〕」と題したセクションがあり、四五篇のごく短い詩がローマ数字の番号を付して並べてある。その多くは――韻律は詩ごとに変わるが――四行詩を二つ並べた八行詩である。右の詩は、いきなり動詞の「ゆく／飛ぶ Idzie」で始まり、最後になって初めて主語「私の魂の音楽 Muzyka mojej duszy」が現れる、構造としては、一つのセンテンスである。

カルウォーヴィチはこれを作品三の三として前半をト長調、後半を平行するホ短調で始めている。「雪山」「銀河」「宇宙」「深淵」「魂」「音楽」というような、時代の好んだキーワードが並ぶが、一つの思想でうまくまとめられている。

次の詩は恋愛詩なのだが、舞台はポーランド南部の国境に近い山岳地帯とはっきり特定される。カルウォーヴィチの曲の作品番号は一の四。

失意

寄せては打ち返す夢の波間で、僕は君をあやした。
水が岸辺の松を洗うように。
おとなしくほがらかな君を、夢に見ていた――
ああ！　やるせない、何とやるせない……

山上の睡たげな牧の緑の上、
風が青い霧を切り開く。そこに
かけがえのない、娘よ、君がいた――
ああ！　やるせない、何とやるせない……

そびえたつ唐檜の森がざわめき、辺り一面に、
遠い彼方に静かな永遠の祈りを送る。そこに
陽光のように僕のために輝く君がいた――
ああ！　やるせない、何とやるせない……

私が傍点を付した三つの名詞は、日本語ではまったくわからなくなるが、特殊な意味と連想を荷っていて、それが強い印象を残す。この「松」は日本語で普通に連想する赤松でも黒松でもなく、ポーランドの平野でもよく見られる唐松でもなく、標高の高い地域（ポーランドでは一三〇〇～二〇〇〇m）にしか育たない欧州の固有種で、ポーランド語ではリンバという（limba / *Pinus cembra*）。仕方なく「唐檜」と訳したスムレク（smrek）は、さらに特殊な響きを持つ。なぜならこれは、エゾマツに近い、セイヨウトウヒを指す「方言」だからである。ポーランドの南部国境地帯で最も標高の高い地域、タトリ山脈はスロヴァキア共和国とポーランド共和国にまたがっていて、全面積の八割近くはスロヴァキア領に属す。だから不思議ではないのだが、スムレクという呼称はスロヴァキア語から来た。しかしポーランドの標準語ではシフィエルク（świerk）である。最後に、「牧」とした単語ハラ（hala）も、タトリ山脈の北麓に広がる標高の高い、樹木がないため放牧も可能な土地を指す用語である。

《若きポーランド》期の詩に頻出する「波」「霧」「永遠の祈り」といった言葉もさることながら、この詩では、回想の中でもまざまざと蘇える、タトリ山脈とその峡谷の景観、空気、匂いのリアリティが重要な働きをしている。

タトリの山々

カジミェシュ・テトマイェルは、ポトハレ地方の古い町ルヂミェシュに所領のあった荘園領主の家に生まれ、十八歳まで過ごした詩人である（後にプシェルヴァ＝テトマイェルという二重の姓を使った）。ポトハレ（**Podhale**）とは「ハラの下」「ハラに接する」というような意味合いで、町としては、保養地として有名なザコパネやノーヴィ・タルクがある。テトマイェルは、自分の郷土であるポトハレ地方やタトリ山脈を舞台にしたおびただしい数の詩を書いただけではなく、地域の方言を駆使した短篇小説の連作を『ポトハレの岩山で *Na skalnym Podhalu*』の総題で刊行した。

テトマイェルについて、ノーベル賞作家チェスワフ・ミウォシュは『ポーランド文学史』の第九章でこう書いている——

> テトマイェルの最良の抒情詩はタトリ山地の風景に霊感を得て書かれたものだが、しかしその詩がただちに認められたのは、彼が標準的な世紀末的モチーフであるデカダンスの憂愁や甘美な感覚（たとえば女体の大胆な描写）を通じての逃避を明確に表現した

からである。〔……〕伝統的韻律どおりに書かれ、韻を踏んだ彼の抒情詩が賞賛された理由は、その音楽性と感覚的細部への目配りにあった。視覚的イメージの聴覚的印象への転換、ならびにその逆の転換が切望された時代にふさわしく、彼は魂の状態を伝えるために、すべての感覚からのデータを混合させた。彼の技法は本質的には印象主義的であった。その抒情性のなかでも、とりわけ恒久的な構成要素である山岳の風景が、光と霧のゆらめきを実質とする形式として、しばしば登場するのである。[1]（傍点は関口）

作曲家シマノフスキ

実は作曲家カロル・シマノフスキも、その最初期においてテトマイェルの詩に曲を付けている。作品二を構成する六曲がそれだが、そのうちの一曲目と三曲目で使われた詩を以下に引く。

全世界が遠のいた……

全世界が遠のいた。

風が、ただ風だけが、剥き出しの
黄ばんだ斜面で、灰色の苔の上で、
呻き声をあげる翼をひきずりまわる。

僕とともに、僕とともにここへ来たのは、
誰の記憶でも、思念でもない。
それは魂を裂くノスタルジア！
人を殺めるノスタルジア。

霧の中……

霧の中、そそり立つ岩の
表を走る、水の音がする。
霧の中、夜の冷気が
波のまどろむ淵に降りた。

霧の中、牧の原から、黒々とした絶壁から、
葬送の闇が降りてきた、
そして霧の中、悲哀が降ってくる、ああ！
底知れぬ、底知れぬ！　無辺の悲哀が！

二篇とも初版一八九八年のテトマイェル『第三詩集』所収である。「全世界が遠のいた……」には一見すると「山」を指し示す言葉はないが、よく読むと、第二連一行目の「ここへ」というのは、「山の中」以外の場所ではないことが納得される。そして自分が下界を離れ、山の中へ来てしまった原因は「ノスタルジア」だと語られる。原語のテンスクノータ（tęsknota）——《若きポーランド》と言えばこれがキーワードではないだろうか——をそう訳してみたが、「憂愁」としてもよい。「霧の中……」ではクシェサニーツェ（krzesanice）を「絶壁」と訳したが、日本の古語「きりぎし」、あるいはむしろ登山用語の「バットレス」に意味合いが近い。石を斧などで割るという、転じて石を打って火花を発生させるという意味の動詞 krzesać が語源だろう。クシェサニーツェは高山でしか用いられない特殊な言葉なので、それだけ独特な雰囲気が出ている。

タトリ、ザコパネ、ポトハレ……十九世紀半ばの段階ではすべてのポーランド人にとってなじみのあるわけではなかったこうした地名が、世紀末には誰でも知っているどころか、知

識人や富裕層であればそこへの旅行が当然と思われるようになっていた。一八九八年に鉄道がザコパネの町まで到達したことはもちろんブームに拍車をかけた。国土のほとんどが平原のポーランドで、多くの人が懐く高山に寄せる憧憬は今でも健在だ。タトリ山脈についての最初のポーランド語による案内書が印刷されたのは一八六〇年だった。画期的だったのは、一八七三年に「タトリ協会 Towarzystwo Tatrzańskie」が結成されたことだろう。ちなみに Tatry という言葉は複数形の名詞だが、単数形はない。日本にはタトラという妙な言い方があるが、Tatra Mountains という英語からの類推だろう。

批評家ヴィトキェーヴィチ

画家であり批評家のスタニスワフ・ヴィトキェーヴィチ（父）は、一八九〇年にザコパネに住みつき、地域の民藝に学んだ、建築・工藝における「ザコパネ様式」というものを提唱する。ヴィトキェーヴィチは一般にはワルシャワのポズィティヴィズム（後出）と関連づけられ、《若きポーランド》の藝術家に分類されない。作家の所属する世代や写実的な技法から見ればそうなのだが、彼がタトリを描いた三点の絵は、あえてここで参照してもいいように思われる。一つは一八九二年制作の《チャルネ・スタフ――吹雪》で、移住してきてまもなく、タトリ山中の氷河湖の一つを描いたもの（図2・口絵）。この湖の名を直訳すれば「黒池」。二番目は一八九四年制作の《風炎《フェーン》》。たぶんよく知られた絵だ（図3・口絵）。三番目は一九〇七年の《冬の巣》で、どれも油彩であり、すべて制作時期は《若きポーランド》時代に収まる。

　ヴィトキェーヴィチは、文学においても絵画においても《若きポーランド》のために道を拓き、土地を均した人物だと言える。一八八四〜七年、週刊文学藝術雑誌『ヴェンドローヴィエツ Wędrowiec（＝漂泊者／さすらい人）』に掲載したものを中心に、彼の評論を集めた単行本『わが国における藝術と批評（一八八四〜一八九〇）』が刊行されたのが一八九一年であり、これはちょうどモダニストたちの始動時期にもあたった。一八九九年にはさらに数篇の評論を加えて第二版が出たこの本は、《若きポーランド》時代の知識人、創作家に大きな影響を与え、感化した。ポーランドの批評文学全体において重要な一里塚であったし、ポーランドの美術批評はここから始まったと考える向きがあっても不思議ではない。最も初期の評論「わが国における絵画と批評」では、ほぼのっけから「わが国では、マテイコがクラクフの〔美術〕学校を束縛し、自らの傑出した画家としての力によって、殺してしまった。そしてさらにそのカトリック的・藝術的教養の枷に嵌めようとしている」[2]という激越な言葉で度肝を抜いた。ここで「クラクフの学校」とした言葉は「クラクフ派」、つまりクラクフの画家たちと訳せないこともなく、結局は同じ意味になる。当時クラクフ美術学校校長（一八七三〜九三年）だった、絶対的な巨匠マテイコの最も優れた弟子たち――マルチェフスキ、ヴィスピャンスキ、メホフェル等々――が、言ってみれば反旗を翻すかのようにモダニズムを実践していったのを知る私たちには、まるでヴィトキェーヴィチが預言者のように見える。

ヴィトキェーヴィチがワルシャワでこの煽動的な表現をするほとんど直前に、ヤン・マテイコは、一八八二年、クラクフ美術学校生徒に訓示して言っていた――「藝術は、現下の我々にとって、一種の手中の武器である。藝術を祖国愛から切り離すことは許されない」[3]と。

ヴィトキェーヴィチは批評を始めてから長い間、マテイコを論じつづけ、その論は進化した。マテイコをこき下ろす言葉も、最大限の讃辞も残した。マテイコが彼にとっての大きな「宿題」だったことは疑いない。それはきわめて興味深い主題だが、ここでは立ち入らない。

ヴィトキェーヴィチの最大のいさおしと一般にみなされているのは――殊に《若きポーランド》時代の画家にとっての励ましとなったのは――美術の価値は「何を描くか」ではなく「どう描くか」にあり、藝術は政治、社会、思想に従属せず、自立していなければならないということの主張にあった。一八九一年の初版でヴィトキェーヴィチは書いている――

私がペンを執り始めた時分、ポーランドの美学者たちは絵画を宗教画、歴史画、歴史・風俗画、風俗画に分け、さらに括弧に入れて *genre*〔仏語でジャンル／風俗〕、風景画等々と補足していた。そしてこれらのカテゴリーのどれに属すかということで画家を評価していた。最初の二つのカテゴリーに属する画家たちは、そのこと自体によって――個々の藝術的価値とは無関係に――上流カーストの仲間入りをしていたので、彼らの弁護をする必要もなかった。私が明らかにし、証明したのは、次のようなことだ――〔……〕藝術作品の価値は、それが表現しているのが《蕪を手にするカシカ》か、それとも《ヤン・ザモイスキ》かということに関わりなく、それを描いた者が才能ある人間か、それともへぼ絵描きかということによる。[4]

カシカ（Kaśka）は農婦の名であり、ヤン・ザモイスキ（Jan Zamoyski）は十六世紀ポーランドの有名な政治家の名前。ヴィトキェーヴィチのこの比喩はその後かなり広く使われるようになった。批評家でコレクターのフェリクス・ヤシェンスキ（後出）も、同じ構文で固有名詞を入れ換えてはよく利用した。世紀末から両大戦間期時代、盛んに戦わされた「民族藝術とは何か」、「ポーランドの国民藝術はどうあるべきか」というような民族藝術論争でも絶えず想起されたレトリックである。

一方、文学におけるヴィトキェーヴィチの貢献を考えると、たとえば一八八五年に発表された評論『カラリストとしてのミツキェーヴィチ *Mickiewicz jako kolorysta*』などは、今でもポーランド文学科の課題図書に指定されていい、小粒だが名著で、韻文による長篇物語『パン・タデウシュ』（一八三四年）を画家の目で分析し、ミツキェーヴィチがどれほど現実をよく見ていたか、対象の形態や運動もさることながら、光や色彩をどれほど精緻に把握し、記憶していたか、それを言葉で――パリに居ながら、さながらリトアニアの田園でリアルタイムに「写生」したかのように――表現し得たかを、わかりやすく具体的に例証しながら説く。と同時に、読者は、ヴィトキェーヴィチが文学、美術、音楽などの分野の境界を軽々と越えて往来する自在さ、広汎な教養にも驚かされる。

一八八九年から九〇年にかけて週刊新聞『ティゴドニク・イルストロヴァーネ **Tygodnik Ilustrowany**〔＝絵入り週刊新聞〕』に、ヴィトキェーヴィチが、一三五枚のみごとな自前の木版画を添えて連載した、小説的ルポルタージュ『峠にて――タトリの印象と風景 *Na przełęczy. Wrażenia i obrazy z Tatr*』は、その文章自体が、ポーランド語による「印象主義文学」の好例だ。

画家ヴィチュウコフスキ

《若きポーランド》期の画家は、人によって様式、画風が随分と違うが、同じ一人の画家でも時期や環境、描く対象によって画風が驚くほど変遷する者がいた。レオン・ヴィチュウコフスキもそのように見える。ところが、一九〇四年頃からタトリに通って驚くべき早さと密度で制作しだした彼の山岳画には、ある不思議な強さ、迫力がある。その迫力を、高山がもつ「崇高なるもの」、超越的なるものと結びつけて考える人がいるのも頷ける。タトリで、ヴィチュウコフスキが描いた数多くの作品が一貫した強さを、彼自身の他の画題の作品に比べても独特な良さ、訴求力があるとすれば、それは対象の、つまりタトリの山岳自体が突きつけるものに対して、それが要請するものに対して、ヴィチュウコフスキが従順に、雑念なく応じ切れたからではないだろうか。絵に物語性や感傷性が少なく、絵を見る者は山と直接向き合わされ、圧倒される。

当時すでに油絵具に対するアレルギーが嵩じていたヴィチュウコフスキは、これらタトリ山中の絵をすべてパステルで――想像するに、ものすごい速度で――描いた。描いた端から人が買ってゆくので、手許に残らず、展覧会をするときなどに困ったという。モルスキェ・オコ（Morskie Oko〔＝海の眼〕）という大きな氷河湖を題材にしたものだけでも、一九〇四年八月から一〇月までに六〇～七五点の絵を制作したという。あるいは後年にも、長期にわたってパステルを主として水彩、グワッシュなどとの混合技法などで制作した、モルスキェ・オコの絵にはいいものがある。

伝統の束縛と解放

しかし、あらためて考えてみると、ヴィチュウコフスキに限ることなく、《若きポーランド》時代の画家が描いたタトリ物に秀作が多いと私が感じる理由を、二つの事実に関連づけてもよいのではないかという気がしてきた。

一つは、タトリのようなアルペン的な景観を描く伝統がなかったということである。神話、肖像、合戦、静物、建築、都市、農村——といった画題では、対象に何世紀もの伝統がまとわりつき、コンヴェンションが重くのしかかって、厳しく束縛したのに対して、タトリは描かれてこなかった分、それに向かい合った画家には、よほど大きな自由、解放感があったような気がするのである。

もう一つ、画家の自由度を大きく広げたように思われるのは、この時代、パステル画、水彩画、版画の相対的な地位が一挙に高まったことだ。《若きポーランド》時代に入って特にそれがめざましい。ヴィスピャンスキなどは、数を数えてはいないが、実にパステルを愛用した。しかもその結果が良かったように思える。

教権、王権、貴族、ブルジョワジー……強大で富裕な発注者の庇護を受けて発達した、一

図4　ヴィチュウコフスキ《黒池から見たモルスキェ・オコ》1905年

言で言ってエスタブリッシュメントの美術である油彩画では、欧州の他の国に対して、十九世紀ポーランドの画家が大きなコンプレックスを懐いていたとしても不思議はない。彼らが油絵を描こうとする時、どれだけの重圧を感じていたことか。そもそも彼らは美術の勉強に国外へ出かけた。ポズィティヴィズム期にはミュンヘンやウィーン、《若きポーランド》時代にはパリに留学せずに画家になった者がいただろうか——ちなみにこれは、明治期日本の美術界とほぼパラレルで、パリの同じ学校で、あるいは同じ画家のもとで修業した日本人画家とポーランド人画家もいた。

《若きポーランド》時代、油彩画の重圧から解放された画家たちが、パステルや版画の分野では他の国と変わらぬ、同じスタートラインに立つことができた造形作家たちが、特にガリツィアで、続々と轡を並べて仕事を始めたように私には見える。そしてその解放に一役も二役も買ったのが、フェリクス・ヤシェンスキだった。多くの画家が、彼のサロンで本物の美術品に接することができたが、中でもヴィチュウコフスキは「ヤシェンスキ美術館」を一番よく利用し、勉強した作家の一人だった。

行進する草花

カロル・シマノフスキが《若きポーランド》時代に書いた声楽曲は次の通りである。

作品二——カジミェシュ・テトマイェルの詩による《六つの歌》（一九〇一～二年）／（一）全世界が遠のいた／（二）君は死んでいない／（三）霧の中／（四）時おりつらつら／（五）君の声が聞こえた／（六）巡礼者

作品五——《ヤン・カスプローヴィチ作『讃歌』より三つの断章》（一九〇二年）／（一）聖なる神よ／（二）私はここにいて泣いている／（三）私の夕べの歌

作品六——《サロメ》（詩ヤン・カスプローヴィチ）（一九〇四年頃）

作品七——《白鳥》（詩ヴァツワフ・ベレント）（一九〇四年）

作品一一——タデウシュ・ミチンスキの詩による《四つの歌》（一九〇四～五年）／（一）こんなにも私は悲しい／（二）魔法にかかった森で／（三）サファイアの海をめざして頭上を飛ぶよ／（四）吼えよ

図5　マルチェフスキ《ヤン・カスプローヴィチ》1903年

作品一八――ヴィスピャンスキの詩による《ペンテシレイア Penthesilea》（一九〇八年）
作品二〇――タデウシュ・ミチンスキの詩による《六つの歌》（一九〇九年）／（一）黒い月に／（二）聖フランチェスコは言う／（三）黄金色のあなたの髪の不思議な匂いを私はかぐ／（四）私の心の中には／（五）ムーア人の歌宮から／（六）うつろな葦に

これらの歌曲の元になった詩を書いた作者は、いずれも《若きポーランド》を代表する書き手だが、後年、五〇歳のシマノフスキがザコパネの別荘「アトマ」で応じたインタヴューでは、十代終わりの修業時代をこう回顧している――「ポーランド音楽の何に対しても、誰に対しても、私はずっと反撥していた。先入見でも何でもない。《既存の》音楽の価値に対する私の心の底からの拒否だった。じゃあなぜ、あの頃は私は夢中になってヴィスピャンスキ、カスプローヴィチを読みふけっていたのか？（プシビシェフスキはあり得ない！）彼らの書くものは本物だということを、創造の本質を私は嗅ぎ取っていたんだと思う」[5]。

そのヤン・カスプローヴィチ（図5／マルチェフスキ画）

の詩の一部をここに訳出して、植物を主語とする特徴的な表現を見たい。シマノフスキの歌曲では、作品番号三の二の《私はここにいて泣いている》だが、元々は五一二行の長詩『聖なる神よ、聖なる強者よ！』の一部である。

私はここだ！
私はここにいて泣いている……
私は羽搏《はばた》く。
血走るまなこで太陽の光を
見よと強いられた
あの朝の鳥のように、
あの夜の鳥のように……。
私の足元では
孤独な墓が掘られ、
一羽の黒い鴉が
神の受難の腕にとまって
際限もなく
鳴きつづけ、

死んだ朽木を嘴でつつき散らす……。
そしてあの者たちがのろのろと、
八月の霧のような白々とした服を被せられ、
亡者のように、
のろのろと大きな塚に向かって歩みゆく……。
彼らを追ってヂェヴァンナたちが
砂丘を抜け出し、出発し、
畠の畝からノコギリソウが、
生垣の背後からはニワトコが出発した。
窪地ではショウブが戦いだかと思えば
その匂い立つ根の泥を落とし、
彼らとともに歩き出す……。
湿原からは一群のガマが、
道端からは
黄色い棘のアザミが、
葉の広いゴボウが、
睡たげなフキタンポポたちが、

菫色したドクゼリが、
荊《いばら》のサンザシが、
立ち上がり
進む……。
一列に並んだシロヤナギの木も
その柔らかな葉をざわつかせたと思えば、
静かな、暗澹たる喪に服したまま
彼らの後を追う……。
一面切り株に蔽われた畑地《はたち》は
この時、母なる大地から
身を引きはなし、
恰も巨大な壁のごとく
聳え立ち、そして流れゆく
この大いなる嘆きの時間に……。
ああ汝、おお神よ！
永遠不滅の者よ！
閃光の花綵《はなづな》に飾られ、

星々のあわい、
近づき難き玉座に坐して、
黄金の「三角」に頭を預け、
足下に三本腕の十字架を置き、
金色の砂時計に星屑を注ぎ込みつつ
下界の畦道《あぜみち》には目もくれぬ者よ!
憐れみたまえ、われらを憐れみたまえ!

《聖なる神よ、聖なる強者よ》というのは、自然が原因の凶荒や疫病からわれらを護り給えと祈願するカトリック教会の歌で、ポーランドでは人口に膾炙し、特に危機に際して農民によってよく歌われたという。全体が黙示録的なイメージで覆われた詩だが、とりわけシマノフスキが使ったこの箇所では、植物の行列が強烈なインパクトを与える。

ヂェヴァンナ

ここに登場する植物のうち、ヂェヴァンナ(dziewanna/*Verbascum*)だけは訳さずに、音を写した。丈が高く、細く、だいたい黄色い花が真直ぐな幹のまわりに密集して咲く、モウズイカ属の二年草である。元のポーランド語はいかにも擬人化しやすい女性名詞で、事実、スラヴの神話にこの名の女神がいるというし、この詩では行進の先頭を切らせるのにちょうど具合がよかったのだろうか。だが実際のヂェヴァンナは、耕作不適地や砂礫地にも育つことから、「ヂェヴァンナの生える処の花嫁に持参金なし」という諺もあるほどで、むしろ不毛な風景を背にして立つイメージがある。

クラクフのヤギェロン大学博物館にヤツェク・マルチェフスキの《ルサウキ Rusałki》（一八八八年）という横長の連作油絵がある。ルサウカは水の精のようなものだが、これらの絵では、完全に人間の姿をした、それも魅力的な若い女で描かれている。全部で五枚の絵のうち二枚ではルサウカが明らかにヂェヴァンナの叢と関りがあるように見える。ヂェヴァンナはルサウカの化身とも思えるし、ルサウカが叢からこの世界に出入りするようにも思える（図6）。

右の詩でヂェヴァンナの次に歩き出すノコギリソウは、原語で krwawnik だが、植物を知らなければいかにも血なまぐさい響きの

図6　マルチェフスキ連作《ルサウキ》のうち《物憑き》1888年

言葉だ。

モウズイカ、アザミ、タチアオイは《若きポーランド》時代の絵画に実によく出てくる。ウクライナ地方に生まれた画家ヤン・スタニスワフスキは、アザミを指す標準語オセット（oset）ではなくボディアク（bodiak）というウクライナ語を使って自分の絵の題にした。アザミを描いたスタニスワフスキの絵は、いったい何枚あるのかと思うほどたくさんある。

音楽における《若きポーランド》

シマノフスキの作品番号六《サロメ》は楽譜が失われてしまった。ここではもう一曲だけ、彼の声楽曲を見ておきたい。ヴィスピャンスキのテクストによる、《ペンテシレイア》作品一八である。

シマノフスキの全作品を――長短を問わず――作品番号だけで見てみると、その半数は何らかのテクストを伴っている。文学好きで、言葉を重視したシマノフスキにとって、声楽曲は非常に重要なジャンルだったからだ（ショパンとは正反対である）。

中でも、ピアノではなくオーケストラが伴奏する《スタバト・マーテル》作品五三、《おとめごマリア様への連禱》作品五九などは、管弦楽と声楽の組み合わせでなければ垣間見ることさえできない独特な、実にシマノフスキらしい世界である。しかし声楽の場合、演奏するにも鑑賞するにも、ポーランド語という高い壁が立ちはだかるので、日本で実際の演奏に接する機会はなかなかない。ましてや代表作のひとつ、《ルッジェロ王》作品四六のようなオペラともなれば、上演上での困難はもっと増える。歌曲の多くがピアノと声の組み合わせで発想され、管弦楽伴奏の譜は後にできあがったりしたようだが、《ペンテシレイア》は初めからオーケストラとソプラノ独唱を前提にしていた。この取り合わせはシマノフスキの音楽にとても向いていると私は思っている。コンサート会場で聴けることはまずないとしても、今ではインターネットの検索エンジンに「Szymanowski op. 18」と入力するだけで、少なくとも録音された演奏を耳にすることができる。

生前すでに国民的な人気を博していたスタニスワフ・ヴィスピャンスキだったが、一九〇七年一一月二八日、生まれた町のクラクフで死去した。翌年の三月二〇日、ルヴフで開催された追悼記念演奏会で、《ペンテシレイア》はルヴフ・フィルハーモニーによって初演された。歌詞はヴィスピャンスキが一九〇三年に書いた、全二六場から成る「劇的場景」『アキレウス』の中で、アキレウスに殺された、アマゾン族の女王、美しいペンテシレイアが語る、独白のような言葉である。原作の第十四場「スカマンデルのほとりで」がこの歌詞に対応する。歌詞の全文をここに訳す――

ここはどこ？――何と。――私の霊が目を醒ました。
私の傍にいるのはあなたか、愛しい人よ、
あなたがくちづけで私の眼を醒ましたのか。
朝早く町へ向かおう、
陽光が輝く時、暁に――
死んだ私にくちづけしてくれるあなたのように、
誰か、私に命を返してくれる者がいるだろうか――？
誰か、優しく私を愛撫してくれる者はいるだろうか――？
ああ、御覧、この傷を、私の痛みを――
私の傷がこんなにも沢山開いてしまつた。
ああ、死も忘却もまだましというもの。
永遠の眠り――あなたの力で私は目ざめた。――
私にくちづけして――私は人の世に生きたくはない。
太陽のあの光線はまだ
遠いだろうか？――夜はまだ無音。――
明日の日はあなたの霊の夜に
解放をもたらすだろう。

おやすみ……

曲の初演を聴いた、地元ルヴフの高名な音楽家で批評家のニェヴィアドムスキは、演奏会評でこう記している――「彼の《ペンテシレイアの歌》は、その果てしもない霧のような不透明さが聴く者を突き放す。〔……〕シマノフスキのピアノ曲は、中には綺麗なものもあり、この《ペンテシレイア》のような――まさに死後の色というべきか――こんなどんよりとしたイメージを表現することは滅多にない。とは言うものの、聴衆にはその訴えが届かないかもしれないが、そこに本物の才能があることはわかる。曲の初めから終りまで、彼は浮気することなく或る一つの情調、一つの色彩にとどまりつづける。もしも作曲者の狙いが、墓場の空気のようなものを醸し出して、結果として、ある種忌避したくなるような感覚を喚起することにあったとすれば、彼は一瞬たりともその的から目を逸《そ》らすことがなかった。しかも曲の終わりには、歌に少しづつ耀きが見えはじめ、管弦楽の楽想も美しくなり、この奇妙な、親しみにくい、病的とも言えそうな、しかし死〔神〕によって称えられた、何かしら高貴な、消えた美の痕跡をくっきりとどめる作品は、おのれの霧の中に溶解してゆく……」[6]。

どちらかと言えば批判よりも賞讃の側に傾いたニェヴィアドムスキの言葉はなかなか的確だ。クライマックスがクライマックスであることをやめ、延々と終わりの見えない潮汐運動に入ってゆくシマノフスキ音楽の特徴がすでによく窺われる、七分足らずの初期作品だが、スカマンデル河の波に運ばれ、生と死の境を流れるペンテシレイアという原作のイメージを、オーケストラを背にした女声が実現するこの曲は、いかにも《若きポーランド》期らしい詩人と作曲家の優れた共作だろう。

ちなみにこの頃、「音楽の《若きポーランド》」という表現が流通しつつあった。一九〇五年、ベルリンを本拠地として結成された「ポーランド青年作曲家出版会 Spółka Nakładowa Młodych Kompozytorów Polskich」というものがある。創立メンバーは、作曲家で後にはむしろ指揮者としてよく知られるようになったグジェゴシュ・フィテルベルク、作曲家ルドミル・ルジツキ、同じくアポリナリ・シェルートの三人だったが、シマノフスキもすぐに加わった。新しいポーランド音楽を振興し、若い世代のポーランド人作曲家を支援するために楽譜を刊行し、演奏会を開くというようなことが会の目的だった。彼らが自作の他にカルウォーヴィチの作品も含めた演奏会を最初に実践したのは一九〇六年二月六日、ワルシャワでだったが、翌三月三〇日にはベルリンでも行った。

そのワルシャワの第一回演奏会では好意的な評を書いていた当代随一の音楽評論家ポリンスキは、翌年一九〇七年四月一九日の二回目公演については、「音楽における《若きポーランド》」と題した演奏会評で、次のように毒づいた――

十四ヶ月前、フィルハーモニーの舞台で若いポーランド人作曲家たちの演奏会があり、彼らは音楽における《若きポーランド》の最も傑出した、最も天才的な代表者たちだと喧伝された。その宣伝文句には少々の誇張もあったが、多くの真実も含まれていた。〔……〕シマノフスキ氏にしても、ルジツキ氏にしても、目下悪霊らしきものの影響下にある。この悪霊は彼らの作品を不健全なものにし、個人的、民族的両方の独自性を剥奪し、ヴァグナーとシュトラウスの声を不器用に模倣する鸚鵡《おうむ》に変身させようとしている。しかしこの二人の青年藝術家も、祖国の音楽にとって全く役立たずで終わることはなかろうと私は考える。優れた作曲家だれしもその《疾風怒濤》時代を経験するものであり、時として最悪の影響を被ろうとも、晩かれ早かれそれから脱出できるものだからである。シマノフスキ、ルジツキ両氏も、なるべく早くそうした影響から解放されることを願って已まない。そうして初めて、《若きポーランド》という、軽率にも既に早々と彼らに付与された称号を使う権利が発生するというものだ。ショパンやモニウシュコがしたように自らの祖国に仕えることができず、ドイツ人季節音楽家に奴隷のように奉仕し、音楽的ブント主義者らの思想を宣伝するような《ポーランド》など御免蒙りたい。[7]

若いポーランド人作曲家たちがベルリンその他のドイツの都市でも活躍し、フィテルベルクはリヒャルト・シュトラウスの《サロメ》（オスカー・ワイルド原作）をポーランドで初演したりしていたことが、つまり何でもかでもドイツだということがポリンスキの気に入らなかったのだが、彼らがドイツ音楽から出発したことは事実だった。

ヴィスピャンスキという現象

この本の表紙カヴァーに使ったのは、スタニスワフ・ヴィスピャンスキが一九〇三年に、自作の劇『ボレスワフ大胆王』に登場するクラサヴィーツァ役の舞台衣装をまとった俳優ヴワディスワヴァ・オルドヌヴナを描いたパステル画である。ヴィスピャンスキは戯曲を書くだけでなく、舞台美術を手がけ、舞台衣裳をデザインしたのだった。

ウクライナやロシアのように、ポーランドから東にあるスラヴの言葉の響きをもつ、クラサヴィーツァ（Krasawica）という言葉が意味するものは「美しい娘」だが、この芝居では、王城ヴァヴェルの下を流れるヴィスワ河の妖精で、王ボレスワフと一夜をともにし、さまざまな予言をする超自然の存在。「おまえの髪は、花咲く若芽、夏の夜のように、庭に咲く薬草のように匂うぞ」――と王は言う。

ボレスワフ大胆王は、十一世紀後半のポーランド王で、クラクフの司教スタニスワフとの確執から、一〇七九年、司教を「裏切り者として四肢切断」して殺害したとされる。王と教会の対立を象徴するこの事件は、ポーランド人によって語り継がれ、伝説やスタニスワフ崇拝を生み、やがてポーランド文化全般にとっても大きな意味を荷うようになった。一二五三年に列聖された「聖」スタニスワフは、ヴィスピャンスキの守護聖人だったと言える。ちなみに、前節で名を出した作曲家ルジツキが最初に書いた歌劇『ボレスワフ大胆王』は、ヴィスピャンスキ追悼行事の主催者にシマノフスキがルジツキを推薦して出来上がったものだった。

スタニスワフ・ヴィスピャンスキ（図8、口絵）は、その顔が紙幣や切手にも印刷され、学校や広場や通りにその名が付けられ、銅像が立ち、彼が描いた絵は大量の絵葉書となり、彼の画集も戯曲集もしょっちゅう出版されている。

ヴィスピャンスキは、ポーランドでなぜこれほど尊敬され、愛されつづけているのか——ポーランド文化を勉強して半世紀を越えたが、依然として得心のゆくような答は知らない。同時代の劇評家グジマワ＝シェドレツキに言わせれば、ヴィスピャンスキが病的に愛したクラクフに私は留学したので、なおのこと彼の存在は身に沁みて感じていた。

それはさておき、この本の文脈で大事なのは、彼が画家でもあり、劇作家でもあったという事実、やや見方を変えると「演劇人」でもあったという事実だ。このことは文学と美術が初めから双生児のように育った《若きポーランド》時代の大きな特徴であると同時に、両方のジャンルに跨って活動した、両大戦間期のヴィトカツィ（＝スタニスワフ・イグナツィ・ヴィトキェーヴィチ）、第二次大戦後のタデウシュ・カントルという、いわば直系後続作家たちの仕事の仕方を考える上でも重要だ。

二十世紀の最初の年、一九〇一年にヴィスピャンスキが書き、初演し、出版した韻文戯曲『婚礼 Wesele』は、これを初めて日本語訳した津田晃岐《てるみち》氏の言葉を借りれば「ポーランド文学の至宝」[8]であるとともに、その上演と出版は――ちょうど時期的にも――《若きポーランド》時代のクライマックスあるいは折り返し点とも呼べる事件ともなった。ヴィスピャンスキは、これより前にもすでに『ヴァルシャヴィアンカ』、『レレヴェル』を発表していたし、この後は『解放』、『十一月の夜』、『アクロポリス』、『オデュッセウスの帰還』などの戯曲をやつぎばやに書いてゆく。

民族

『婚礼』の翌年に書かれ、一九〇三年には初演された戯曲『解放』は、劇中劇の構造を持ち、そこにはミツキェーヴィチ作『祖霊祭』の主人公を思わせる名のコンラットが登場する。そして、たとえば「何のために我々が諸民族のキリストになる必要があるのだ。ひとえに受難と十字架のため、そして他人を利するためか?」というような、民族や国家、民族メシアニズムといった、ロマン主義時代に提起された問題がふたたび議論される。一八三〇年の十一月蜂起を扱う『ヴァルシャヴィアンカ』、『十一月の夜』などの戯曲でも、政治、革命、歴史、民族といったテーマが前面に押し出された。『婚礼』もまた、それらの大きな問題と無縁なお芝居ではなかった。ヴィスピャンスキを高く評価した批評家、スタニスワフ・ブジョゾフスキは、一九一〇年に刊行された名高い評論『《若きポーランド》の伝説』の中で、こう記している――

　ここにいたって詩人〔ヴィスピャンスキ〕に、ある決定的な真実が啓示される。我々の個性の中に、同時に民族的、歴史的でないようなものは何一つとしてないという、深い真実である。民族は、心性が存在に対して有する関係である。存在としての心性の意味は民族の内にあり、そこから育ってゆくのだ。心性は民族の外に自らの生を見出すことはできない。民族より先にあると思えるものもすべて、実際は民族より後に来たものでしかない[9]。

ついでにと言うのは憚られるが、この本で小説家について触れる余裕はないので、ステファン・ジェロムスキについてのブジョゾフスキの言葉も引いておく――

　ジェロムスキ〔のような文学者〕たちは、民族の宿命を自覚的に担おうとする者たち、民族のために全霊をもって戦う者たちのためにに書くのである。その他の作家らは、民族によって作り出された生活を背景に生きる全ての人間たちのために、民族ではなく、統計の数値を構成するあらゆる偶発的存在のために書く。民族は数値に非ず。[10]

むしろポズィティヴィズムに近い立場から、《若きポーランド》の単純な藝術至上主義を批判したブジョゾフスキは、「労働」や「社会」といった言葉を使っていかにもマルクス、エンゲルス以後の批評家らしい鋭さを持っていたが、こと「民族」というテーマになると極めてロマン主義的だった。「民族は、正しくあらゆる現実の拠点であり、その現実と交わるための器官である。それは我々を包み、支える。我々の意志はその中にあってのみ世界に基礎を持ち得るのである。その意志は民族によって育まれたものであり、その外にあっては理解不能のものだからである」[11]あるいは「没民族的、国際的心性など存在しない。没民族的な藝術も、文学も、あり得はしない」[12]というのも彼の言葉だ。

演劇

ヴィスピャンスキは「演劇人」だったという話題に戻ると、こんな興味深い詩も彼は書いていた――

あいかわらず私には彼らの顔が見える、
依然として私は彼らの眼を見つめている――
彼らはいない――私は演劇の魂の中で
彼らを思い、夢想し、見ているのだ。

私には見える、巨大な私の劇場が、
空気の通う広々とした空間が、
それを人々が、そして亡霊たちが埋め、
私は彼らの演技の証人として現存する。

彼らの劇は私の劇であり、
合唱の旋律が立ち昇り、
激しい嵐に、雷鳴と大風に変わり
ゆくさまが私には聞こえる。

旋律は雷鳴と大風のなか荒れ狂い
雷鳴と大風のなか消えてゆく――
薄闇の中で絶え入るように静まり――
もう辛うじて、辛うじて見えるだけだ――
とまた立ち上がり――戻ってくる、
巨大で壮大で生き生きと――現存して。

彼らは演じる――演劇の悲劇的な
結末で魂の苦悩の悲劇を、
三脚の器に聖なる熾火が燃え、
羊飼いの笛が悲嘆に暮れる。

私は耳傾ける、耳傾けて見つめる――
判る――私の知っている顔ばかりだ、
彼らはいない――私は演劇の魂の中で[13]
彼らを思い、夢想し、見ているのだ。

これは、ヴィスピャンスキの死の一週間後、一九〇七年一二月五日にクラクフ市立劇場で配布されたプログラムに印刷されて初めて公表された詩で、もともとは一九〇四年八月六日付アダム・フミェル宛書簡に書かれたものだという。演劇的想像力に恵まれた藝術家ならではのテクストだろう。

『ハムレット論』も書いたヴィスピャンスキは、二十世紀を通じて現在にいたるまで、ポーランドの演出家にとって重要なインスピレーションの源泉となっている（タデウシュ・カントル『オデュッセウスの帰還』、イェジー・グロトフスキ『アクロポリス』『ハムレット論』、アンジェイ・ヴァイダ『婚礼』『十一月の夜』、イェジー・グジェゴジェフスキ『婚礼』『解放』『十一月の夜』『ハムレット』など、数えればきりがない）。

パステル

ヴィチュウコフスキに触れた際、《若きポーランド》時代にパステルや水彩、そして版画が地位を高めたことは書いたが、ヴィスピャンスキほどパステルを多用した画家はいるだろうか。そしてパステル画にこそ彼の秀作はあるというのが私の意見だ。もしかすると彼の国民的な人気の秘密はここにもありはしないだろうか。特に一連の子供をパステルの「大首絵」で描いた作品は非常に温かみがあり、親しみが湧く。特に日本では好まれそうだが、パステル画は扱いが難しいのか、なかなか遠方での出張展覧会は難しいとこれまで聞かされてきた。

たとえば娘のヘレンカを描いた《ヘレンカと花瓶》（一九〇二年・図7・口絵）などは、この画家にしては珍しく明瞭な（間接的、二次的であったにせよ）ジャポニスムの構図で、絵自体もいい。ヘレンカが登場する絵は何点かある。

娘ヘレナ（ヘレンカは愛称）は、一八九六年、テオドラ・テオフィラ・ピトコとヴィスピャンスキの間に生まれた子供である。ヘレナが四歳になった一九〇〇年九月一八日、両親は正式に結婚した。テオドラは農民の出身だった。

農民マニア

フウォポマニア（chłopomania）というポーランド語があった。農民というより、むしろ日本語の「百姓」に近い意味合いの「chłop」と「マニア」を合成した単語である。「農民狂い」とでも訳すほかない。士族や貴族、近代であればブルジョワジーが、農民の文化を知ろうとしたり、農民に好意的な態度を取るということは、ロマン主義時代にもポズィティヴィズムの時代にもあったことだが、そうした社会の上層の人間、あるいは知識人が農民と結婚するということはこの時代になって始まったことだった。《妻との自画像》(一九〇四年)という絵があるが、二人とも農民の衣裳を着けている。結婚自体もそうだが、このような絵を描いて公開すること自体もセンセーショナルに受け取られた時代だった。しかし、彼のほかにも同じことを実践した二人の知識人がいた。三人は仲間だった。

「身分違いの」結婚を敢行した最初は、画家のヴウォジミェシュ・テトマイェルで、教科書的に言えば《若きポーランド》元年とも言える一八九〇年に、クラクフの中心から北西へ六キロほどのところにあるブロノヴィーツェ(Bronowice)村の農民ミコワイチクの娘アンナと結婚した。そしてそのアンナの妹ヤドヴィガと結婚したのが、詩人のルツィアン・リデルである。

一九〇〇年一一月二〇日のリデルの結婚式とそれにつづく婚礼の宴には、わずか二ヶ月前に結婚したヴィスピャンスキも招かれて出席した。彼の戯曲『婚礼』はその時の経験と状況をもとに書かれたのだった。今を時めく画家と詩人が農民と結婚し、農村に住むなどということは、センセーションを通り越して、スキャンダルだった。

図8(口絵)は一九〇五年の自画像で、もちろんパステル画だ。

画家マルチェフスキ

ポーランド、民族、国家、歴史というようないわば大きなテーマを、ヴィスピャンスキは、どちらかと言えば美術ではなく戯曲で扱ったが、マルチェフスキはそれらを絵画で扱った。学生時代の彼らの師だった、ヤン・マテイコの巨大な歴史画は、単に眺めるだけでは済まず、それを見る者はどうしてもそれを「読み」始めざるを得ないような描かれ方をしている。たとえば、ある歴史的事件の一場面を切り取ったような絵があったとして、マテイコの場合、その場面では同時に存在し得なかったはずの複数の人物を描き込むというようなことをした。その事件の時点ではもう死んでいるはずの人間を画中に登場させたりもした。絵を見る者に歴史の知識があれば、当然これはおかしいということになり、なぜそう描かれているのかという穿鑿《せんさく》が始まる。

マルチェフスキは、マテイコがいちばん期待した学生ということになっている。それが反旗を翻し、師とは違って歴史画ではなく、象徴主義的な絵を描き始めた。ところが、マルチェフスキの絵も常識的な理屈では理解できないようなものがほとんどで、眺めるだけでは見る者の気持ちが収まらず、考え込まされ、いきおい「絵を読む」ことになる。読むことを強いる度合いはマテイコと変わらない。

ヤツェク・マルチェフスキ（図9）がクラクフ美術学校の聴講生になったのは一八七二年、

十八歳の秋で、まだギムナジウムの生徒だった。その時点でマテイコはすでにマルチェフスキの画才に感心して、彼の父親に手紙を書いて、美校への進学を勧めている。翌年の二月、マルチェフスキはギムナジウムを中退し、クラクフ美術学校の正規学生となった。しかし、二年後には父親にこう書き送った――

〔……〕はっきり言うと――僕はマテイコのように描きたくない、世界のあらゆる巨匠たちのように、僕は生きている世界を、描かれたものではない世界を――現実を、真実を描きたい。〔……〕僕はマテイコを信頼しない。僕が信頼するのは自分自身。あなた方にそれを奪い取ることはできないでしょう。お尋ねします――どうしてあなた方は、いやこの世の誰であれ、僕に進むべき道を指図できるのか？　あなた方や僕の《偉大なる》指導者たちは、果して全ての道を知り尽くしているのだろうか、自身は果して最上の道を行っているのだろうか？　僕は自分で自分に進めと命じた道を行く。心の中の神と内側の平安とともに僕はこの道をずっと行くつもりです――人は隷属の軛《くびき》に繋がれれば苛

図9　ヤツェク・マルチェフスキ　1925年頃

立ち焦るもの、僕はすでにわが身の火傷《やけど》を感じる。だから父上、ここには、この学校にはこれ以上残りたくないのです！ もしどうしてもと言うのであれば、残るけれども、学校ではなく、ラドムで、自分の家で勉強したい、クラクフの学校にはこれ以上いたくないのです！

しかし今日誰が人を信じますか？ 今日、理想に生き、理想のために考え、理想のために死ぬ人間がいるだろうか？ 今や人はパンのために生き、パンのことを考え、パンのために死ぬ。それがあらゆる悪の源――僕はもうすっかり世界が厭になりました、僕の目に映る世界は裸で孤独で、喜ぶべき原因もなければ時間もない、もしも藝術がなかったら――僕はこの世界にいたくない、もしもあなた方、父上母上の愛がなかったら、僕はきっと遊蕩に溺れるか、さもなければむしろカマルドリ会の修道院にでも閉じ籠っていたことでしょう。

もう一年だってクラクフにはいられない――僕はここから逃げたい、ラドムに帰ってじっとしているか、でなければローマかナポリの路上でマカローニと叫ぶ――そしてひたすら古代の奇蹟やあの穏やかで、聖なる息吹きを感じさせる空を眺めていたい。

あなた方は、偉大な人間が偉大な人間を作ると思っている、しかしそんなことは決してなかった。偉大な画家の誰が、偉大な巨匠の弟子だったか？――皆無だ。美術の巨人たちを育て上げたのは、この上なくつつましやかな人々だった。巨人が世に出したのは不肖の子だった。僕は自分の考え、思想、信条を誰かの命令に応じて曲げない。今年、僕は着手した三枚の下絵をどれも仕上げなかった。なぜなら、ここの校長の下では、この人間関係等々の中では、僕はもう何も作りたいとは思わないから。押し付けのテーマも、押し付けられた〔図中の人物の〕動きも、押し付けモチーフも、僕の気には入らないし、僕は校長のための写真装置ではない。

かりに馬鹿だと言われても、それは自分の責任で、しかし僕は馬鹿になって満足したい、なぜなら、人々に、さんざん噛みしだいた餌を皿に盛って出すのではなく、僕は自分の気持ちを人々に見てもらいたいから。ここには技術もなければ、描くということについての思想もない、ここにあるのは貧しさ、道徳的、物質的な貧しさ、ここは美術のごみ溜め――僕にはクリスタルのグラスに入った水が見える以上、濁り水を飼葉桶から飲む気はない。〔……〕（一八七六年七月一五日、ユリアン・マルチェフスキ宛書簡[14]）

一八八四年にヴィトキェーヴィチが「わが国における絵画と批評」で「わが国では、マテイコがクラクフの〔美術〕学校を束縛し、自らの傑出した画家としての力によって、殺してしまった」（前出）と書いたのは、まるでこのマルチェフスキの事例を知っていたかのようだった。

いずれにしても、このままマテイコの門弟を続けていたら自分が駄目になると、マルチェフスキは本当に思っていた。そしてこの手紙を書いてから三ヶ月後、彼はパリへ行き、エコル・デ・ボザールに入る。フランツ・リストとマリー・ダグーの肖像画で（少なくとも私には）知られるアンリ・エルネスト・ラマン〔レーマン〕の教室でしばらくは修業に励んだが、早々に——七七年春ごろには「色がくすんでいる」、「線が冷たい」と教授の作品を批評しはじめた。対するラマンは、マルチェフスキの素描を見て、その異様さと才能に驚いたという。

一八七七年——おりから印象派の第三回展が開かれる（四月）一方で、五月にはギュスターヴ・クールベがヴァンドーム広場の円柱再建費用三二万三千フランの分割払いを命じられた（年内に亡命先のジュネーヴ湖畔で死ぬが）。

パリにいる間、マルチェフスキは仕事のかたわら多くの博物館や建築を訪れてもいるが、これといって彼の心を捉えた新しい潮流も思想もないまま、一八七七年七月、クラクフに戻る。

自分の進みたい方向を向き、耳を傾けられることだけに耳を傾け、雑念なく辛抱強く勉強しています。お察しの通り、パリという大きな美術世界では、美術についても現存作家についても、ありとあらゆる意見や見方があって、途方もないカオス。しかし僕は、自分の感じることを感じたように描いていて、そういうさまざまな美学的詭弁も、美術上何かと問題になる分野の狂ったような議論もほとんど気にかけない。（一八七七年春、

ユリアン・マルチェフスキ宛書簡）[15]

詩人スウォヴァツキ

アダム・ミツキェーヴィチに次いで、いつも二番目に名が挙げられていたロマン派の詩人、ユリウシュ・スウォヴァツキは、一月蜂起以後、もしかすると順位が逆転したかもしれないと思われるほど、人気を高めた。《若きポーランド》時代の詩人や画家にいたっては、自分たちのパトロン（守護聖人）とみなすものも少なくなかった。この詩人のそうした評価の変化には、ようやくポーランド国内でも作品が出版され、研究されるようになった、あるいは彼の詩劇が上演されるようになったことで、作品に接する機会が増え、作品が普及していったという基本的な事実が大きく寄与したことは間違いないが、それとは別に、時代の好み、ムード、思潮の変化もあった。

人々の好みが、徐々に印象主義、象徴主義へ傾斜していったと言っていい。ミツキェーヴィチの措辞は実に正確で、論理的だが、スウォヴァツキの表現には魅力的な曖昧さ、余韻の深い言い止《さ》しのようなものがある。ただ若いマルチェフスキがスウォヴァツキに求めたものもそれであったかどうかはわからない。

まだギムナジウム生のころ、彼はスウォヴァツキの詩劇『リッラ・ヴェネダ』の挿画を描いている。パリでも《リッラ・ヴェネダの十二人のハープ奏者たち》、《マゼッパ》、《眠れる者をデルヴィトの王座に運べ》〔『リッラ・ヴェネダ』劇中の台詞〕といった、スウォヴァツキの作品に想を得た絵を描いた。つまり、画家としての勉強を始めた最も早い時期から、マルチェフスキは終生、スウォヴァツキを読みつづけることになる。

ウクライナ

ミツキェーヴィチの私生活も作品の舞台も、現在で言えばリトアニアとベラルーシ、つまりかつての広大な《ポーランド＝リトアニア共和国》の中でも北方にあったが、ウクライナのクシェミエニェツ（Krzemieniec 現在ウクライナ国のクレメネツィ）に生まれたスウォヴァツキは、共和国の南半分に広がるウクライナに対する思い入れが深く、作品の多くもウクライナ地方を背景としていた。

概して《若きポーランド》時代の詩人、画家はウクライナに出かけることが多かったという印象があるが、その理由のひとつは、ウクライナの西部を占めたガリツィアでポーランド人が自治権を持ち、政治的にも大きな自由があったことで、「アクセス」が容易だったということがありそうだ。
一八四一年にライプツィヒで出版された、スウォヴァツキの長詩『ベニョフスキ』（未完）もウクライナを舞台としている。この時点では「第五の歌」までしか刊行されなかったが、そのうちの「第四の歌」も終わりかける箇所で次のような節がある——

〔……〕
初めの日々の愛しい女《ひと》！——私はまた貴女のものだ、
見たまえ！　心も名声もなく戻り、
迷鳥のように、足下に横たわる私を。
ああ、怖れるな、白鳥が血にまみれ、
胸の羽がルビーの色だと言って。
私は無垢だ！——大風と喧噪の中、貴女が
耳にしたのは、いつでも均一に調律された私の声だ……
貴女に届いた時以外の涙は予期しなかった、私の声だ。
貴女は知っている、私が歌うためどれほど苦しまねばならぬかを。

図10　マルチェフスキ《小川のほとりに行きたまえ》1909～10年

小川のほとりに行きたまえ、な、な、かまどが
　貴女の髪を珊瑚のリースで飾ってくれた処へ。
そこに坐して、遠い国が運んでくる
　この悲哀の大風を聴きたまえ。
そしてこの歌の中を見て欲しい――オパールで出来た、
　人々を呪うよりむしろ愛する、この歌の中を。
そして考えてみて欲しい、私の魂はありふれた魂だろうか？
世を遍歴し、戻った――私が愛した――魂はひとつだけ。

後期のマルチェフスキに《小川のほとりに行きたまえ Idź na strumienie》（一九〇九～一〇年）と題された三幅対がある（図10）。中央の縦長の聖母子像はいかにも彼らしい筆致でテーマも歴然としているが、左右に配した、横に長い、どちらかと言えば日本的な風情の田園風景は、別人の筆かと思うほどタッチも違い、色も淡い。どちらにもナナカマドと女性が見えるが、女性の顔は判然としない。目を凝らしてもよくわからないほど、追憶される情景が遠いことを示している。この絵はワルシャワ国立博物館の常設展示で見られるはずで、きっとキャプションには作者自身が付けた題《小川のほとりに行け》のほかに「ナナカマドのある風景」などの、学芸員が補う副題があるだろうが（確認したわけではない）、スウォヴァツキの詩を調べない限り、これがナナカマドだとはわからないだろう。

マルチェフスキの作品をたくさん所蔵するポズナン国立博物館にもよく似た三幅対があって、こちらの中央はマドンナではなく夜の墓地に横たわる騎士で、左右にはやはり田園を背景にした女性が描かれている。一九一二年制作とされているようだが、実はこちらには画家自身がまったく題を付けていない（あるいはわからなくなった）。にもかかわらず、表象されている「内容」から、これも『ベニョフスキ』を参照した作品だということが、まず問題なく言える。

『ベニョフスキ』は色彩豊かな詩だと思うが、スウォヴァツキの色彩感覚や「視覚的印象」についてミウォシュが興味深いことを書いている――「彼の詩は、やがてしだいに豊富な音と色彩の世界へと、ポーランド・バロックの再来とでも言うべきものにどんどん近づいてゆく。なぜそうであるかということは難しいにせよ、彼の作品の圧倒的な視覚的印象は、まさしく色彩豊かな十七世紀のポーランド文学のそれである」[16]。あるいはこうも言っている――

スウォヴァツキの詩でもっとも特徴的なことは、銀、金、赤、青などの純色に対する、そして玉虫のような、雲母のような輝きに対する、彼の偏愛である。そうした理由で、彼はターナーのような画家と比較されることもあった。あるいはまた人は彼を「遠心的な」詩人と呼んで、「求心的な」作品を書いたミツキェーヴィチと対置した。ミツキェーヴィチが、もっともロマン主義的な詩においても、具体性、明晰さをめざす傾向があったのに対して、スウォヴァツキはなにもかもを、イメージと音調が渾然とした流動体のようなもののなかに溶かしこむ。[17]

なぜ《若きポーランド》の画家や詩人たちが——あるいはまたウクライナに生まれ、やがて英語で小説を書いた、同時代のジョウゼフ・コンラッド（コジェニョフスキ）も——スウォヴァツキに惹かれたのかという問いに答えるための、一つの手がかりがここにもあるようだ。

シベリア

スウォヴァツキが一八三八年にパリで出版した『アンヘッリ』という作品や、その舞台であるシベリアを参照する絵を描くという構想で、実際に《エッレナイの死》、《洗足》、《鉱山の日曜日》という、下絵のようなものをマルチェフスキはパリ滞在中に描いた。どの画題も、数年後には立派な油絵として完成される。なおエッレナイイは、『アンヘッリ』に登場する女性の名である。

『アンヘッリ』を説明するにあたっては、ふたたびミウォシュの力を借りたい。

『アンヘッリ』は、シベリアの森と荒野、そこへツァーリによって送りこまれた多くのポーランド人の居住地を舞台に展開する。しかしそれは現実のシベリアではなく、象徴的な雪、象徴的な寒さ、そしてオーロラの荘厳な輝きの作りあげる、流刑地そのものの象徴である。〔……〕主人公アンヘッリもまた流刑囚の一人であるが、土地のシャーマンに見こまれて、苦痛や死を忍受することのできるある秘儀を伝授される。彼は彼なりの仕方で、一種の受動的な贖い主となるのである。最終場面、オーロラの炎のような光に照らし出された騎士が、馬にまたがり現われ、世界革命の時がきたことを告げるが、そのときすでにアンヘッリは他界してしまっている。この詩が暗示するのは、直接的にはいかなる報いも達成もないが、なにか不思議な仕方で未来の再生のために霊的に必要とされる、無意味ではない〈犠牲〉、という考えである。『アンヘッリ』の言葉はことさら擬古的で、調子は聖書的である。衝撃的で、霊妙なイメージによって思想を伝えようという作者の試みは成功している。[18]

ユリウシュ・スウォヴァツキは、一八三〇年の十一月蜂起が惹き起こした「大亡命」世代に属する詩人なので、『アンヘッリ』の流刑者や亡命者が生き、死んだシベリアもその時代のものなのだが、マルチェフスキの世代にとっては、シベリアは、何よりも一八六三年の一月蜂起に起因した大規模な流刑の場所として、きわめて身近に感じられたに違いなかった。「身近」というのは、知識人や士族階層の多くの家で、身内の誰かしらが蜂起に参加していたからだ。ヤツェク・マルチェフスキの家庭教師を長年つとめた、いわば恩師の作家アドルフ・ディガシンスキも蜂起に参加している。

『アンヘッリ』の舞台ということに限らず、流刑地としてのシベリア——その場合ロシア語から借りたスィビル Sybir と呼ぶことが多い——に関連する作品をマルチェフスキはよく描いたが、明らかに違うテーマの絵にも、シベリア流刑者たちを思い出させる、いわば彼らの「形見」を画中の小道具として描き込んだ。特に目立つのは、これもロシア語から来た厳冬期用の分厚い、いかにも重そうなシネル（szynel）と呼ばれる外套と鉄の手枷だ。擦り切れた褐色のシネルは男女を問わず、画家自身も含め、着せられている。

バックグラウンド

ポーランド文学史

標準的なポーランド文学史は、第二次世界大戦までについて、おおむね次のような時代区分を採用している――

中世	十世紀〜十五世紀
ルネッサンス	十六世紀
バロック	十七世紀〜十八世紀前半
啓蒙	十八世紀後半
ロマン主義	一八二二〜一八六三
ポズィティヴィズム	一八六四〜一八九五
若きポーランド	一八九〇〜一九一八

戦間期二十年　一九一八〜一九三九

年代の上限下限をどう設定するかは筆者によってさまざまで、これはあくまで一例にすぎない。一九一四年〜一九一八年第一次世界大戦期はかなり状況が違うので、《若きポーランド》を一九一四年までとした方がいいと私自身は考えている。

注目したいのは各時代に付けられた呼び名である。

第二次世界大戦、ポーランド人民共和国の社会主義時代、社会主義政権が打倒された後の「第三共和国」、そして欧州連合加盟から今日までの時代については、どのように区切るか、どんな名前を付けるか、まだまだ定まらないが、一九三九年以前の文学史区分はだいたい右のようになるだろう。

一九九〇年代にポーランド学術出版（ＰＷＮ）から刊行された『ポーランド文学史大鑑』とでも訳せるような大がかりなシリーズ図書から四冊だけ並べてみたものが図11（口絵）で、左から「ロマン主義」「ポズィティヴィズム」「若きポーランド」「戦間期二十年」である。

本のカヴァーを見ると、『ロマン主義』では、ショパンの臨終シーンなどの絵で知られた画家テオフィル・クフィアトコフスキが、一八五九年に描いたグワッシュ画《ショパンのポロネーズ》（《パリ、オテル・ランベールの舞踏会》とも呼ばれる）の一部が使われている。画題、制作時期、表現、画家のどれもが本の内容と一致し、ロマン主義の巻にふさわしい選択だ。

『ポズィティヴィズム』の巻では、ヴワディスワフ・ポトコヴィンスキが一八九二年に制作した油彩画《ワルシャワの新世界通り――夏の日》の、これも一部が使われている。この絵をカヴァーにしたのは、おそらく著者のマルキェーヴィチではなく出版社の意向だろう。この普通はむしろモダニストとされ、《若きポーランド》に関連して語られることの多い、この画家を選んだことには首をかしげてもいいが、南の空から俯瞰されたワルシャワ随一の繁華街は、ポズィティヴィズムについての書物を飾るにはうってつけである。というのも、この時代の主人公は何と言ってもワルシャワであり、勃興する商業こそが重要な背景だったからだ。

問題の『若きポーランド』の巻のカヴァーには、スタニスワフ・ヴィスピャンスキが一八九六年に描いたパステル画が使われている。クラクフにある「アッシジの聖フランチェスコ教会」の内壁装飾画を準備する中で描かれた下絵で、フェリクス・ヤシェンスキがクラクフの国民博物館に寄贈したもの。名前はないが、バラの花と格子状の幾何学模様を組み合わせているので、《薔薇》と呼ばれることが多い。カヴァーと書籍の内容があらゆる点で申し分なく合致する。ヴィスピャンスキは、もし絵を描かなかったとしても文学史でかなりの頁を割くことになる、傑出した劇作家でもあったからだ。同じ理由で、私の本のカヴァーにも彼の絵を使ったのである。

右端の『戦間期の二十年』のカヴァー絵は、スタニスワフ・イグナツィ・ヴィトキェーヴィチ（あだ名ヴィトカツィ）が一九二〇年に制作した油彩画《全面的混乱》で、この画家もまた重要な劇作家だったこともふくめ、違和感はない。

ロマン主義

十九世紀の全期間を通じて、ポーランドはロシア、オーストリア、プロイセンによって占領されていたために、ポーランド人は主権国家をもたなかった。日本語で言うところの「三国分割」である。どの民族も主権国家を持つのが当然だという考えと、「弱肉強食」や「適者生存」を主張する社会進化論の両方が極大値に達しつつあったこの世紀のヨーロッパで、国家を喪失している状態がどれほど異常だったのか、私たちには想像もむつかしい。

そういう特異な情況を反映して、十九世紀のポーランド人が書いた文学は独自の道を歩んだ。だからそのロマン主義は、名前こそ欧州各国の文学と共通でも内容が異なり、ポズィティヴィズムと《若きポーランド》という時代区分は、その呼称自体が他に例を見ない、独得なものだ。

ポーランド語文学にとって、十九世紀ロマン主義の書き手と作品はきわめて重要で、二〇〇四年五月のEU加盟（いわゆる「ヨーロッパへの帰還」）から一〇年を経た今でこそ少しはその比重が小さくなったような気もするが、以前は――第二次世界大戦まではなおのこと――いちばん大切なものとみなされていた。とりわけ詩人とその作物が、いわば国宝として、ポーランド語にとってはかけがえのない宝、近代ポーランド語を生み、育てたものとして尊重された。だから、国語の教科書でも文学史でも、もっとも多くの頁がロマン主義に割かれた。すでに十九世紀のうちに、詩人の中でもとりわけ三人の名が「三詩聖」としてつねに挙げられた――ミツキェーヴィチ、スウォヴァツキ、クラシンスキである。二十世紀になるとそこへ四人目の詩人、十数歳下のノルヴィットの名も加えられたりした。ここで注意すべきは、ロマン主義では圧倒的に韻文が評価されたことだ。

ポーランドのロマン主義は一八二二年、アダム・ミツキェーヴィチの詩集『バラードとロマンス』が刊行されて始まったというのが決まり文句だが、実は一八三〇年一一月二九日の夜、ワルシャワで、ロシア帝政に対して企てられた叛乱、いわゆる「十一月蜂起」とその翌年の鎮圧を境にして、ポーランド語は驚くほど変質した。ポーランド独自のロマン主義はむしろこの蜂起を契機に成立したと言ってもいい。

民族蜂起によって樹立された政権は十ヶ月ほどで倒され、蜂起の参加者をはじめ多くの軍人、知識人が国外に亡命した。これを「大亡命」と呼ぶ。亡命者の数をかりに九千人とすれば、たいした規模ではないように見えるが、彼らは文字通りの文化的選良であり、文化の担い手、文化を創造する人間たちだった。

ロマン主義の傑作と言われる作品の多くが、検閲に妨害されることのない国外、つまり亡命先や旅先で書かれ、出版もされた。そしてそれらの書物はポーランド国内に密輸された。「亡命」の語に大の字が冠されているのは、史上かつてなかった、政治的理由による人々の大量移動という意味に加えて、この言葉が量よりも質について語っているからだと考えてもいい。

フランスの詩人ヴィクトル・ユゴーが一八三五年一〇月に出版した自作詩集『薄明の歌』の中に、ポーランドを歌ったこんな詩がある（第九歌）。以下はその全文である。

主の御影の絶えずその敷居に現れ来る、
内より主の声のもれ出ずる塔の足元で、
ただ独り、両膝を敷石に突き、
わが良人の死刑執行人に変貌するを
見ることすら覚悟して、蒼ざめ、
縛められ、打ち負かされ、そうして
はや埋葬のために身を屈した、ああ！
悲しきポーランド！

ああ、あなたの白い手は、
あなたの息子たちのいない今、〔傍点は関口〕
血まみれの十字を胸に掻き抱く。
バシュキール人達の踏み荒らし去りし
あなたの王衣の上には
いまだ彼らが靴の鉄鋲の跡が！
時として轟々の音、重い足音も聞こえ、
白刃の閃めきも仄見える今、
自らの涙のつたい流れる壁に縋り、
傷ついた腕、震える額、はや死の色に曇る眼を上げ、
あなたは言う――フランスよ、わが姉よ！　何一つ誰一人来ないのですか？

蜂起鎮圧後のポーランドに向かって二人称で呼びかけ、いかにもロマン主義的な映像と措辞で詠じた詩だ。ここでバシュキール人と名指されているのは、ロシア帝国によって前線に送りこまれ兵士たちに、作者が漠然としたイスラム教徒の遊牧民あるいは「韃靼人」のイメージを重ねた修辞のように見える。一般的には「コサック」の語が使われることが多い文脈だが、ユゴーは変化をつけたようだ。

ポーランド語で「ポーランド」はポルスカ（Polska）という女性名詞だが、フランス語でも同じく女性名詞のポローニュ（Pologne）である。詩の中ではそれが「白い手」に「血まみれの十字を胸に掻き抱く」母として擬人化されている。ポーランドが、同じローマ・カトリックの国で、いわば姉にあたるフランスの方を向いて詰問し、助けを求めているのだ。

ちなみに、その後国会議員になったユゴーが議会でした最初の演説が、ポーランド支援を求めるものだったが、その中でも「ポーランドがフランスに呼びかけて無駄となることは決してない〔……〕。フランスの新聞や論壇が声を上げれば、フランスが発言すれば、然るべき時間を経てポーランドは復活するでありましょう。〔……〕フランスが発言すれば、世界は耳を傾けるのです」（一八四六年三月一九日。貴族院）というように、ポーランドとフランス二ヵ国を擬人化して訴えた。

詩の中に「あなたの息子たちはいない今」という句があるが、そのポーランドの息子たち、つまりポーランド人兵士たちのうち、蜂起に参加したが戦死しなかった者のほとんどは、ポーランドの「姉」のもと、フランスのもとへ行ってしまったのだった。十一月蜂起が鎮圧された結果到来した「大亡命」時代、ポーランド人亡命者の最大の受け入れ国がフランスだったのである。

一月蜂起あるいはポロニア

そして三〇年後の一八六三年一月、ロシア領内のポーランド人がふたたび蹶起する。これを「一月蜂起」と呼ぶ。十一月蜂起よりは長く持ちこたえたが、やはり一八六四年末までには鎮圧された。蜂起は、二万人とも三万人にのぼるとも言われる戦死者のほか、シベリアやコーカサスに送られた流刑者たちの数は四万人近かったと見られる。

図12は、アルトゥル・グロットゲルという画家が残した木炭画で、《ポロニア》と、あるいは「連作《ポロニア》の表題作」と呼ばれている。廃墟の書割のような画面左手、柱の礎石にローマ数字で一八六三と刻まれ、背景には「ポロニア」、つまりラテン語でポーランドを意味する言葉が浮かんでいる。よくよく見る

図12　グロットゲル《ポロニア》1863年

と、頭巾を被せられた人物の手枷を、自由のシンボルであるフリギア帽子を被った若者が外そうとしている。つまり一月蜂起の表象だ。

そもそもロシア領ではなくオーストリア領のガリツィア地方に生まれ育ったグロットゲルだったが、蜂起の報せに接したときはウィーンに住んでいた。十一月蜂起に参加した父親と同じように、自分もロシア領へ入って従軍しようと思い、三月にはガリツィアの首都ルヴフ（現在はウクライナのリヴィウ）まで帰ってきたが、蒲柳《ほりゅう》の質のお前には無理だからやめろと、友人たちに説得されて思いとどまったという。当時アルトゥルは満二十五歳。三歳下の弟は蜂起に加わり、あくる一八六四年にはシベリア流刑に処された。アルトゥル自身も、ロシア領から逃れてきた蜂起兵を援助したとして告発され、やがてウィーンにいられなくなり、一八六五年、パリへ移る。

画家マテイコ

グロットゲルのアレゴリー画は、何とも驚くべき早さで同時代の事件を世に報せようとしたものだったが、これよりやや遅れて翌一八六四年、ほぼ同じ題で、しかし今度は蜂起の敗北を油彩で描いた画家がいる。同じくオーストリア領だったクラクフに住むヤン・マテイコである。

男兄弟の二人ともが蜂起に参加したマテイコだったが、自身はグロットゲルと似たような理由で——しかも婚約中だった——参加を断念し、蜂起のための資金をカンパしたり、変装して武器を運んでやったりという形の支援にとどめた。そして、すでに蜂起が挫折に終わった情況を絵にしたのである。図13（口絵）がそれである。

何よりも歴史画で知られるマテイコが唯一、進行中の事件に取材したこの絵は、未完成のままお蔵入りとなった。やがてそれをそのままの状態で買いたいと申し出た（と推測される）ヴワディスワフ・チャルトリスキが購入したのは一八七九年で、この頃に創設されたクラクフの「チャルトリスキ公家博物館」で、ようやく展覧に供された（一八九三年が初めてか?）。この絵の題は、マテイコ自身は《一八六三年》と呼んでいたが、《ポロニア》あるいは《手鎖をかけられるポーランド》といった呼称もあった。今では折衷的な《ポロニア——一八六三年》という題名がおそらくもっともよく使われているのではないだろうか。ポーランドという国を指す、ポーランド語の「ポルスカ」（Polska）もラテン語の「ポロニア」もともに女性名詞なので、先に引いたユゴーの詩と同じで、国という観念を擬人化し、人間の女性の姿で描いたものだ。

絵の中央で膝をつき、鉄敷に両手を乗せている黒衣の若い女性がポーランド王国で、手鎖を嵌められようとしている。画面左下で血にまみれ、すでに死体として横たわっているよう

図14　アルトゥル・グロットゲル
1863年頃

図15　ヤン・マテイコ
1891年頃

に見えるのがかつての大公国リトアニアであり、ポーランドのすぐ後ろで踠《もが》く白衣の女性はベラルーシ（つまり「白きルーシ」）あるいはルーシの国を表すという解釈が一般的だ。中央の壁には、蜂起の宣言を連想させる文書に１８６３の数字を書き加えた紙が貼られ、その上には、当時のロシア帝国の紋章に似た図形が浮かび上がっている。しかしこれは、ロシア帝国紋章であれば、ドラゴンを征伐する聖ゲオルギオスを描くモスクワの紋章があるべき中央部に、ポーランド王国の紋が置かれた、いたって反ロシア的な図形だ。場景はカトリック教会の内部で、右の壁では、銃剣で脇腹を突かれているかのような、磔刑のキリストが見おろしている。

ポーランドを擬人化した、グロットゲル、マテイコのこうした寓意画は、やがてマテイコの弟子たち、マルチェフスキ、ヴィスピャンスキ、プルシュコフスキらによって受けつがれ、多くの場合、ラテン語由来の語《ポロニア》を使って標題化された。

図14の写真は、蜂起兵の服を着たグロットゲ

ル、図15はマテイコの一八九一年頃撮影の写真である。

ポズィティヴィズム

フリデリク・ショパンは生涯の半分をワルシャワで過ごし、十一月蜂起の直前に外国旅行へ出た。つまり一八一〇年から一八三〇年までなのだが、この時代のワルシャワでのびのびと育ち、学べたことについては、ショパンがつくづく恵まれた、運命に愛された人間だったと思わざるを得ない。最初はナポレオンが建ててくれた「ワルシャワ公国」で、一八一五年のウィーン会議以後はロシア皇帝が国王を兼ねる「ポーランド王国」の首都になるのだが、いずれにしても、ポーランド人の自治権は依然として大きく、十九世紀でワルシャワがこれほど自由で創造的だった時代はない。

フリデリクの父ミコワイが教員をしていたワルシャワ高校は一八〇四年に創設されたもので、フリデリクもこの高校に通った。つづく（王立）ワルシャワ大学の創建は一八一六年で、ショパンはこの大学に進学した。そして一八二六年、大学内部の機構として誕生したのが中央音楽学校である。これが後世になると、ワルシャワ大学から独立した存在のワルシャワ音楽院となる教育機関の起源であり、ショパンはその第一期生だった。中央音楽学校は、今では「ショパン記念音楽大学」と呼ばれている。

ところが十一月蜂起以後、ロシアによる弾圧が強化され、ワルシャワ高校もワルシャワ大学も閉鎖される。一八三〇年までをロシア領ポーランドの夏だったとすれば、秋がはじまったのだった。そして三〇年後、ふたたびワルシャワを中心に蹶起した武装闘争、一月蜂起も失敗に終わると、季節は冬に入る。蜂起以前までは一定の自治が認められていたが、蜂起後は制度の徹底したロシア化が遂行され、公用語はロシア語になった。書籍や新聞雑誌の文章をポーランド語で書くことは許されたが、検閲は徹底された。

そうした中、一月蜂起が成功しなかったひとつの大きな理由に、自分たちのうちに深く根を張ったロマン主義的精神があるのではないか――そう疑い、ロマン主義を克服しようとしたポーランド人たちが提唱したのが、ポズィティヴィズムである。

一月蜂起が勃発したころ、若いポーランド人男性がどういう精神状態にあったかについて、マテイコの友人で、秘書役もしたマリアン・ゴシュコフスキが次のように書いている。おりからマテイコは容易ならざる障碍を乗り越え、片恋の相手テオドラ・ギェブウトフスカとの婚約(一八六二年)にようやくこぎつけたばかりだった――

しかし当時は、女性の魅力にうつつを抜かしていることなど許される時代ではなく、武装闘争こそが全てだったのだ! そのころ世の中を支配していたのは、できる限り多くの血を流し、犠牲を払うことが必要だという、英雄的ではあるが甚だ危険な信念だった。祖国の為に死ぬことができるなら、何でも犠牲にした。わが国の若者は、討ち死にせねばならぬ、それも是が非でもだ、何故なら、そうする外に未来の政治的展望を開く術はないからだという信念を懐いて蜂起に向かった。[19]

しかしその結果は、かつてないほどおびただしい数の犠牲、流刑、男性労働人口の急減、厳しい言論統制、教育、文化、宗教の非ポーランド化だった。

ポズィティヴィズム文学の筆頭に挙げられる作家、ボレスワフ・プルスの代表作『人形』（一八八七〜一八八九年新聞連載）の主人公ヴォクルスキは、自分が恋する女性を理想化し過ぎてその実像が見えない、恋愛下手な男性として描かれる。

〈仕事にかかれ！……　なぜ俺は仕事に行かぬ？……〉

彼の視線が機械的にテーブルに向けられた。そこには買ったばかりのミツキェーヴィチが置かれていた。

〈一体何遍読んだことか！……〉――彼は本を手に取りながら嘆息した。〔略〕

〈これで分った。俺が誰によって魔法を掛けられているのか……〉

彼は瞼の下に涙を感じたが、怯え、涙が顔を汚すには至らなかった。

〈あんたたちが俺の人生を台無しにしたのだ…… 二世代に亙ってわれわれを毒してきたのだ…… あんたたちの感傷的な恋愛観の帰結がこれだ〉

彼は本を閉じ、部屋の隅に向って投げた。その勢いで頁がばらばらになった。[20]

主人公は、ミツキェーヴィチをはじめとするロマン主義文学の恋愛観に毒された犠牲者として自分を再認識するという図がここにある。たしかにこれは一種の恋愛小説なのだが、恋愛観を世界観や歴史観と読みかえることも可能な表現だ。もちろん検閲があるので、小説では一度としてポーランド人の蜂起や武装といったあからさまな言葉は出てこない。ところが、ヴォクルスキが若い頃に一月蜂起に参加した結果、流刑に処されたという伏線は、随所に隠された暗示でわかるようになっている。たとえば、彼の「手が赤い」ことが意味ありげに何度か女性たちの会話で囁かれるだけで、ヴォクルスキがシベリアで苦役に服するうち凍傷にかかったのだということがわかる。

ともあれ、ロマン主義に鼓吹されて憂国の騎士となり、あたら命を捧げても一向に国家は回復できず、それどころか、終わってみれば隷属状態はより深刻になったではないか――そんな反省から出発したポズィティヴィストたちは、感情ではなく理性を、詩よりも散文を、士族や貴族といった一部のエリートよりも農民や工場労働者のような大衆を重んじ、武装闘争よりも同胞の識字率向上をめざすべきだと主張した。彼らはロマン派詩人のように国外に亡命して漂泊するかわりに国内にとどまり、大量発行が始まった新聞という新しい媒体で民衆の地道な啓蒙を志し、自然科学と産業の発展に寄与しようとした。

産業革命、金融革命、鉄道の発達、農奴解放、ハスカラーとユダヤ系市民の誕生などの変化をへて、都市の規模は飛躍的に拡張された。フリデリク・ショパンがワルシャワを離れたとき（一八三〇年）、この町の人口は一四万人だったが、『人形』が単行本化された一八九〇年には五〇万近くに達し、そのうち一六万人がユダヤ系市民だった。彼らの存在と生活は――当時すでにヨーロッパでもっとも多くのユダヤ系住民を擁していた――ワルシャワという都市の肖像を描いた小説でもあるこの作品に活写されている。

ポズィティヴィズムの絵画と言えばまっさきに思い浮かぶのが、ワルシャワ生まれのアレクサンデル・ギェリムスキが一八八〇年代に制作した《オレンジを売るユダヤ人の女》（図16）、《〔ユダヤ教〕新年祭》、《旧市街。あるカミェニーツァの門》など、ワルシャワの街頭を描いた一種の連作だが、これらはどれをとってもプルスの小説の挿画としか思えない。

図16の背景には大都会の建築群が蜃気楼のように見えているが、文化史用語としてのポズィティヴィズムには、実は「ワルシャワ・ポズィティヴィズム」という別名もあるほど、ワ

図16　アレクサンデル・ギェリムスキ
《オレンジを売るユダヤ人の女》1880～81年

ルシャワが運動の中心だった。これが何を意味しているかというと、文化史上「次に」来る《若きポーランド》時代は、クラクフというまったく別の地域、別の情況にある、それも小さな町が中心だったので、両方の潮流は実際には同時に存在し、時間的にはかなり重なり合っていたという事実である。

ガリツィアの自治

一七七二年、周囲の強国によってポーランドの第一次分割が行われた際、ハプスブルク家のオーストリア帝国に割譲された地域は「ガリツィア・ロドメリア王国及びクラクフ大公国・オシフィエンチム公国・ザトル公国」――略して「ガリツィア」――と呼ばれた。そして、帝国を構成する最北端の州（Kronland クロンラント）となった。その首都はドイツ語でレンベルク、ポーランド語でルヴフ、ウクライナ語でリヴィウ、ロシア語でリヴォフと呼ばれた。ポーランド王国の古都クラクフも最終的にはガリツィアに含まれた。

ロシア領、プロイセン領、オーストリア領――それぞれの政治的状況や生活の間にある違いは大きく、十九世紀に関しては――特に世紀の後半、六〇年代に入ると――ひとくちに「ポーランドでは」という表現が意味をなさない。

《若きポーランド》時代を準備した絶好の環境、それはガリツィアで自治がはじまり、表現の自由がかなり保障されたことだ。三つの地域を比較した年表「ガリツィアの自治」（巻末、一八一頁以下）を見ても一目瞭然だが、一月蜂起のあとロシア領ではロシア化が進み、プロイセン領では、ドイツ帝国統一をなしとげたビスマルクがゲルマン化を推し進める、その同時期にオーストリアはオーストリア＝ハンガリーの二重帝国制に移行し、領内の各民族自治が大幅に認められるようになった。この年表は、あくまでクラクフでの文化的事件に注目するために書いたもので、ルヴフについても、プロイセン領についても本当なら記すべきことはたくさんあるが、省かれている。

二、三の項目に説明を補えば、一八六九年の「再葬儀」という言葉は妙だが、カジミェシュ三世はポーランド史で唯一「大王」と呼ばれる、中世のポーランド国王で一三七〇年一一月七日にクラクフの王城ヴァヴェルですでに葬送されている。ところが修繕の目的でカテドラルにある王の墓を開けたところ、カジミェシュの遺骨が王冠や王笏とともに見つかった。それまで実際の遺骸は別の場所にあるだろうと考えられていたこともあり、これは世紀の大発見として喧伝された。おりから一月蜂起の挫折で喪に服していたポーランド人たちはこれは自分たちに向けられた天啓とみなし、士気を高めるための大々的な愛国的儀式を執り行ったのである。

一八七六年のチャルトリスキ・コレクションというのは、現在ではクラクフ国民博物館分

図 17　ミツキェーヴィチの遺骨を運ぶ葬列 1890 年 7 月 4 日

館となったチャルトリスキ公家博物館が所蔵するコレクションのことだが、その大本をなしたのは、大貴族のイザベラ・チャルトリスカが、ワルシャワの南南東一三〇キロほどのところにある所領プワーヴィに創設した、ポーランド初の博物館に蒐集したコレクションだった。その中に含まれていた、レオナルドの有名な《オコジョを抱く貴婦人》は、アダム・イェジー・チャルトリスキが一八〇〇年頃に購入して、母イザベラにプレゼントしたものだったが、イザベラがこの絵を大いに気に入ったかと言えばそうでもなかった。コレクションは十一月蜂起の前後にプワーヴィから避難し、やがてアダム・イェジー・チャルトリスキがパリでの居館としていた、サン＝ルイ島のオテル・ランベールに移されていた。しかし、ガリツィアで自治と安全が確保され、普仏戦争も終わる頃からチャルトリスキ家の人々は「帰国」してクラクフに移り住むようになり、コレクションも——おそらく何度かに分けて——パリからクラクフに運ばれた。

一八七九年には「クラクフ国民博物館」が創設されたと書いた。普通は——特に現在であれば——日本語で「国立博物館」とする機関だが、この時代にポーランドという国家はなかったので、「国立の博物館」ではなく、耳なれない表現だが「国民の博物館」とした。また、原語の narodowy という形容詞を、私は——特に二十世紀より前の時代に関しては——通常「民族の」と訳すのだが、「民族博物館」とすると、たとえば民族誌や民族学と混同されかねないので、ここでは——本文でも——こうしたのだ。

一八八六年と一八九五年の欄に名前を出したバデーニはポーランド人の政治家だが、ボヘミアにおいてチェコ語とドイツ語を同等に扱う「言語令」を出したことによってドイツ語話者の反撥を招いた人物で、もしかするとポーランドよりもチェコの方で有名かもしれない。オーストリア政府の首相になったポーランド人にはアルフレット・ユゼフ・ポトツキもいたし、外務、内務など他を管掌する大臣になった者もいた。当然だが彼らはほとんどがガリツィア出身者だった。

クラクフ詣で

この時代、クラクフでは市内を大勢の市民が着飾って練り歩く行進がしょっちゅう行われていた。基本的には北のバルバカン門からフロリアンスカ通りを通って中央広場に出て、広場からはグロツカ通りを南下してヴァヴェル城までという「王の道」を歩いた。図17はミッキェーヴィチの遺骨をヴァヴェルの聖堂に運ぶ行進の写真[21]で、マリアツキ教会の前はすでに過ぎたあたりである。偉人の没後何周年、生誕何周年、勝利した戦争の記念日など、機会はさまざまで、同時代に生きた詩人や作家の葬儀などでも盛大に行進した。いずれもポーランド民族の歴史や文化を顕彰し、愛国心を育て、英気を養う目的で行われた、ロシア領やプロイセン領では実行が不可能な、あるいは難しい行事だった。

こうした国民的行事には、他の地方や国からもポーランド人ないしそのシンパが来て参加したが、行事のない時でも、かつての王城が残り、おびただしい教会や修道院、中欧ではプラハ、ウィーンと並んで古い大学を街中に擁し、タタールやスウェーデンの侵攻にもかかわらず、中世の町並みの残るクラクフは、そうした民族文化のシンボルや歴史的文化財を一目見たいと願う、ガリツィアのみならずプロイセン領やロシア領のポーランド人を惹き寄せた。《若きポーランド》時代を代表する小説家、ステファン・ジェロムスキは、一八八九年、初めて来たクラクフで「旅行者というより夢遊病者」のように歩いた時の昂奮を次のように綴っている——

僕は街を歩き回りはじめた。そのポーランドの空気、石畳や建物や尖塔から漂ってくる古代の匂いを体の中に吸い込みながら。そして、この《ポーランド的なるものの中心》の、この霊の町を呼吸する悦楽以外のあらゆる別の思考は一時《いっとき》棄てることにした。時には、市庁舎の白鷺やポゴンを前にして、白痴のように突っ立って、長い間じっとそれをながめた。君たちはそんな形をしているのか、君たちはそんなだったか？　そう——赤色の愛国者、二十四歳の男、インテリ夢想家の僕は——初めて民族の紋章を見たのだった。[22]

「白鷺」はポーランド王国の紋だが、「ポゴン Pogoń」はリトアニア大公国の紋章であり、剣を振りかざす騎士が駆ける図（図18）。クラクフでは市中心部の建物の外壁にしばしばポーランドの国章や紋章が描かれていたという。

図18　ポーランド＝リトアニア共和国の紋章

ジェロムスキはロシア領から来たのだったが、現在はポーランド領で当時はハンガリー領だった南部山地オラヴァ地方（Orawa）のヤブウォンカという村から来た、ギムナジウムに通う少年は、カトリックの聖地カルヴァリア・ゼブジドフスカ（一九九九年世界遺産登録）へ巡礼に行く途中でクラクフに寄り、驚愕したと回顧している——

> 町があまりにポーランド的なので私は驚いた。街中《まちなか》を歩いても、ドイツ人の店が一軒もない。看板も新聞もポーランド語だし——言うも怖ろしや——ポーランド語の会話し

か聞こえない……《旦那衆》がドイツ語でもなければハンガリー語でもない言葉で会話をするなど、理解を絶することだった。[23]

「おのぼりさんたち」を描写したこんな回想もある——

彼らはオーストリア＝ポーランドの自由を思う存分楽しみ、白鷺の描かれたブローチやピンを買い、巡礼よろしくヴァヴェルやスカウカに詣で、クラクフ人は滅多に行かないスキェンニーツェの国民博物館では神妙な面持ちでマテイコの絵を見物、感極まった様子でマリアツキ教会の塔をじっと見つめては、時報ラッパを吹いてくれるはずの衛士の姿を探した。午後にはプランティ〔旧市街を取り巻く緑地帯〕のドブジャンスカ〔ドブジンスカとも〕の軽食屋に詰めかけ、晩になればソルスキが出る芝居《ラツワヴィーツェのコシチューシュコ》を観に劇場へ繰り出した。[24]

ガリツィア領内では、学童や農村住民を集めてクラクフに向かう、いわば日本の修学旅行や、農協、町内会などの団体旅行にも似た旅行、あるいは「クラクフ講」とでも言いたくなる組織的、定期的な行事も生まれ、それに応じて旅行ガイドを養成するための講習もはじまり（一九〇二年）、文化財を案内する専門家が生まれた。

ガリツィアの外からクラクフを訪れる場合はそれなりの困難がともない、たとえばドイツ語でポンメルン、ポーランド語でポモージェと呼ばれるバルト海沿岸地方から来た学生が、クラクフ旅行を理由に大学から除籍された例などもあるという。しかしそれでも、多くの場合、宗教的巡礼の名目のもとに組織的なクラクフ旅行が企画され、実践された。シロンスク（シレジア、シュレジエン）地方の町ビトムに住む炭鉱夫フェリクス・ムシャリク（Feliks Musialik）が書き残した未刊手稿には、シロンスク地方各地から五〇〇人もの参加者を集めて一八九〇年に催行されたクラクフ旅行について事細かに記録されているという。この団体旅行はクラクフ市当局も公的行事とみなしてさまざまな便宜を図った。

反動

ポズィティヴィズムは実証主義と訳されることもある。それがロマン主義を反省し、批判する主張だったことはすでに書いたが、ロマン主義は古典主義に対する反動だった。もっとさかのぼれば中世からルネッサンス、ルネッサンスからバロック、バロックから古典主義という思潮の移りゆきも、感情と理性、宗教と世俗、規則と逸脱、秩序と破調、散文と韻文等々の対立軸をめぐる弁証法的な運動と映る。少なくとも、古典主義以降は「主義」と「主義」の対立がよく見えたし、ロマン主義は、当事者自らが自覚的に主義を標榜した最初の運動だったとも言われる。

では《若きポーランド》は何らかの「主義」だったのか。ネオロマンティズム（新浪漫主義）、モデルニズム（モダニズム）、藝術至上主義、心理主義、象徴主義、デカデンティズム（頽廃主義）……この時期に主張された「イズム」は二〇ほどもあるという。色々あるが、どれも帯に短し襷に長しで、到底一つには絞れないし、そもそもこの時代に生起した現象や活躍した人物自体があまりに多様だった。だから、結局のところ理論にも思想にも還元できない《若きポーランド》という言葉が重宝だということになって、これに落ち着く。

　二十一世紀に入って、文学だけでなく文化のさまざまな分野も綜合的に見ながら、『若きポーランド』という題の一般向け啓蒙書を書いたユスティナ・バイダは、「藝術のごった煮 artystyczny galimatias」という表現を使ったが[25]、その通りである。文学は読まなければわからないが、美術は誰でも一目見れば、スタイルがわかる。この時代のポーランドで——あるいは制作地がポーランドでなくとも——ポーランド人が創作した美術品に、様式やスタイルの統一はあるかと言えばないし、ヴォイチェフ・ヴァイスのように、長い生涯で色々な様式を経験し、初めはポーランドのムンクかと思わせた前衛が、最後には社会主義リアリズムの実践にいたるまで生きた人物もいる。才能のある画家だったが、ヴァイス流というスタイルを生むことはなかった。しかし一人の作家が一つの様式を生まねばならないという要請も、考えてみれば奇妙なものではないか。

　しかし文学の領域で言えば、たしかに、実証主義、合理主義、道徳主義に対する反動という特徴は、《若きポーランド》時代、多くの作品、作家に共通してあった。評論家イグナツィ・マトゥシェフスキはこの反動を「要するに、理性の独占的な支配に対する、感情とファンタジーの抵抗なのであり、理性そのものに反対しているのではない——これは大きな違い

刊行案内

No. 59

（本案内の価格表示は全て本体価格です。
ご検討の際には税を加えてお考え下さい）

ご注文はなるべくお近くの書店にお願い致します
小社への直接ご注文の場合は、著者名・書名・冊
数および住所・氏名・電話番号をご明記の上、本
体価格に税を加えてお送りください。
郵便振替　00130-4-653627 です。
（電話での宅配も承ります）
（年齢枠を超えて柔軟な感受性に訴える
「８歳から８０歳までの子どものための」
読み物にはタイトルに＊を添えました。ご検討の
際に、お役立てください）
ISBN コードは 13 桁に対応しております。
総合図書目録呈

未知谷
Publisher Michitani

〒 101-0064　東京都千代田区神田猿楽町 2-5-9
Tel. 03-5281-3751　Fax. 03-5281-3752
http://www.michitani.com

リルケの往復書簡集二種完結

＊「詩人」「女性」からリルケ宛の手紙は本邦初訳

若き詩人への手紙

若き詩人F・X・カプスからの手紙11通を含む

ライナー・マリア・リルケ、フランツ・クサーファー・カプス著／エーリッヒ・ウングラウプ編／安家達也訳

208頁 2000円
978-4-89642-664-9

若き女性への手紙

若き女性リザ・ハイゼからの手紙16通を含む

ライナー・マリア・リルケ、リザ・ハイゼ 著 ／ 安家達也 訳

176頁 2000円
978-4-89642-722-6

8歳から80歳までの

岩田道夫の世界

子どものためのメルヘン

岩田道夫作品集　ミクロコスモス ＊

フルカラー A4判並製 256頁 7273円
978-4-89642-685-4

「彼は天才だよ、作品が残る。生きた証も人柄も全てそこにある。作家はそれでいいんだ。」（佐藤さとる氏による追悼の言葉）

波のない海＊

192頁 1900円
978-4-89642-651-9

長靴を穿いたテーブル＊

――走れテーブル！　全37篇＋ぷねうま画廊ペン画8頁添

200頁 2000円
978-4-89642-641-0

音楽の町のレとミとラ＊

プーレの町でレとミとラが活躍するシュールな20篇。挿絵36点。

144頁 1500円
978-4-89642-632-8

ファおじさん物語　春と夏 ＊

978-4-89642-603-8 192頁 1800円

ファおじさん物語　秋と冬＊

978-4-89642-604-5 224頁 2000円

らあらあらあ　雲の教室 ＊

シュールなエスプリが冴える！　連作掌篇集　全45篇

廊下に出ている椅子は校長先生なの？　苦手なはずの英語しか喋れない？　空から成績の悪い答案で出来た紙飛行機が攻めてくる！　給食のおばさんの鼻歌がいろんな音に繋がって、教室では皆が「らあらあらあ」と笑い出し……

192頁 2000円
978-4-89642-611-3

ふくふくふくシリーズ　フルカラー64頁　各1000円

ふくふくふく　**水たまり＊**　978-4-89642-595-6

ふくふくふく　**影の散歩＊**　978-4-89642-596-3

ふくふくふく　**不思議の犬＊**　978-4-89642-597-0

ふくふく　犬くん　きみは一体何なんだい？　ボクは　ほんとはきっと　風かなにかだと思うよ

イーム・ノームと森の仲間たち ＊

128頁 1500円　978-4-89642-584-0

イーム・ノームはすぐれた友だちのザザ・ラパンと恥ずかしがり屋のミーメ嬢、そして森の仲間たちと毎日楽しく暮らしています。イームはなにしろ忘れっぽいので　お話しできるのはここに書き記した９つの物語だけです。「友を愛し、善良であれ」という言葉を作者は大切にしていました。読者のみなさんもこの物語をきっと楽しんでくださることと思います。

だ！」と、一八九四年の新聞で弁護している。[26]

ポーランドのロマン主義は、他のロマン主義と違って、政治色と宗教色が強かった。政治と言っても関心の中心はあくまでポーランド民族の解放、ポーランド人国家の再興にあり、なぜポーランドが亡びなければならなかったのか、どうすれば復活するのかという疑問が、独自の宗教的歴史観や民族メシアニズムを生みさえした。藝術も民族復興、民族生存に資するのでなければ意味はなく、唯美主義などの発達する余地はなかった。

その点はポズィティヴィズムでも同じことで、「藝術のための藝術」というスローガンも、快楽主義、耽美主義も批判された。

図19　ミリアム 1905年以前

ミリアム

そのような環境で、一八八七年という早い時期に、それもワルシャワで、おずおずとではあるが反論の声を上げた雑誌編集者がいた。編集者であり、翻訳家、詩人、評論家だった、本名ゼノン・プシェスメツキ、筆名ミリアムである（図19）。

人々の美的欲求は、物質的・倫理的欲求と同様に強いものであり、これらの欲求は緊密な関係にある。にも拘らず、わが国では暫く以前から、最も重要で最も《生》に直結する部分、すなわち文学という領域で、それが等閑に付されたままになっている。しかしこの欲求を然るべく発達させ、満たすことは、極めて重大な意義を有する事柄なのである。社会が、かりにも充分な資力、物質的資産を手に入れた暁には、その精神と心の中で、美のエンブレムの下に灯る光と、文学の中に燃える合言葉とが、道標《みちしるべ》のように照らしてくれるのでなければ、人々はそこでいわば岐路に立ち、社会の資力、資産を全員同意のもとに使い、利用することはできないだろう。ゆえに吾々は、吾々の雑誌の旗に、美のエンブレムを臆することなく書き込む。しかしそれは、余りに一方的で、余りに藝術面に重きを置くような先入見や偏向が混じることのない、能うる限り純粋な美でなければならない。それ自体が持つ特定の志向に照らしてのみ価値のあるような文学作品は、吾々にとっては存在しないも同然となる——真に美しいものにあっては、その作者が如何なる種類の主張や信念を抱いているかによって吾々が縛られることはない。本誌においては、シェリーの隣にカルデロンが、ラマルティーヌと並んでハイネ、カルドゥッチが続くだろう。ゆえに、本誌の文学部門においては、一般的には互いに異なる観念と結びつけて考えられているような、それどころかしばしば、互いに相反する原理に拠るとみなされている人々の名前が隣り合う光景に出会うことになったとしても、誰一人それを不思議に思わない筈である。

これは、一八八七年初めから一八九一年半ばまでワルシャワで発行された、週間文藝誌『生《せい》 Życie』創刊号に掲載された一種の宣言文「吾々のもくろみ Nasze zamiary」冒頭の一段落である。[27] 書いたのは編集長のミリアム本人なのだが、掲載時は無署名だった。

この雑誌には、ミリアムをはじめ、(最後のロマン派詩人と呼ばれた) コルネル・ウイェイスキ、(ワルシャワ・ポズィティヴィズムの論客) ピョートル・フミェロフスキ、アダム・アスニク、アントニ・ランゲ、マリア・コノプニツカ、ヤン・カスプローヴィチらが作品 (とくに韻文) を寄せ、ゲーテ、バイロン、シェリー、ユゴー、ボードレール、スウィンバーン、ロセッティ、マラルメ、ポー、ホイットマンらの作品が訳載された。ミリアムの宣言通り、執筆陣は新旧世代にわたり、党派を横断したし、外国文学の紹介も多種多様だった。

グルスキの《若きポーランド》にたどりつくまで

《若き○○》というように地名、国名を擬人化した呼称をグループや運動、刊行物に付けることは、少なくとも近現代のヨーロッパではよく行われた。大体において政治運動か藝術運動の領域で、三〇年代ロマン派の時代にも色々とあったし、普仏戦争後のベル・エポックにもたくさんあった。十九世紀ではそれが二つの山だったのではないかと思う。

フリーメイソンで革命運動の志士マッツィーニは、一八三四年、サヴォイア＝カリニャーノ家の支配からサルデーニャ王国を解放しようとして、ラモリーノ将軍率いる「サヴォイア作戦」を企てたが、そこには十一月蜂起の帰結としてスイスやフランスに亡命していたかなりの数の（百人以上か）ポーランド人も参加していた。作戦は不成功に終ったが、マッツィーニは四月一五日、スイスのベルンで七人のイタリア人、五人のポーランド人、五人のドイツ人とともに連判状に署名し、一八三一年から存在していた《若きイタリア》に《若きポーランド Młoda Polska》と《若きドイツ Junges Deutschland》を加えて、《若きヨーロッパ Giovine Europa》を結成した。ドイツ語圏では三〇年代初頭から文学運動としても《若きドイツ》という表現は流通していたが、ポーランド語圏の《若きポーランド》という熟語は、このフリーメイソン的政治組織の呼称が最初ではないかと思う。

こうした政治的運動団体を《青年イタリア》、《青年ヨーロッパ》、《青年ポーランド》などと呼んで区別する向きもあり、その意図はわからないでもない。だがそうすると、日本語だけの空間からは、元の言葉では同一の形容詞「若い」が用いられていることが見えなくなる。功罪相半ばする、翻訳にまとういつもの問題なのだが、私が強調したいのは、ロマン派の時代も世紀末も、少なくとも見かけは同じ合言葉を使っていることなので、あえて《若き〇〇》で通す。

十一月蜂起後のいわゆる「大亡命」中の左派から中道にかけてのポーランド人を糾合した、この政治的《若きポーランド》は、発起人だったカロル・ストルツマンや、悲劇的な最期を遂げるシモン・コナルスキもそれなりに知られた人物だったが、何よりもヨアヒム・レレヴェルのような、二十一世紀の今日にまで名を残す、いわば「偉人」がやがてその指導者となった以上、わずか四、五年の短命だったとはいえ、後のポーランド人知識人によって、中でも、「左傾した」青年によって——伝説として——記憶されていたはずだった。

ヴィスピャンスキより一歳下のアルトゥル・グルスキは町人層の出身で、父親は役人だった。彼が、クラクフ大学法学部に入ったのは一八八八年の秋である。九二年に卒業し、九七年には法学博士号を取得した。

特権階級が失墜し、民族の重心は未覚醒の大衆へと移動した——これが分割後の我らの歴史の内実だ。ポーランド人の数度の蜂起は、そのプロセスを示す目盛りだった——今我々はそのプロセスの危機的な瞬間にある。〔……〕

民族の運命を修正するための如何なる思想とも無縁の、スタンチク派の政治については敢えて触れない。それは、一切の根拠を持たぬ、専ら慣性に基づく既得権主義と、不思議なまでに柔軟な奴隷根性とが混じり合わさったものだ。

今日、我々、一八六三年の蜂起後に生まれた世代は、そんな空気を呼吸することを余儀なくされている。我々の血液に酸素を送り込む筈の、強く、若い脈動を蘇らせる筈の生気ある思想のかわりに、我々の胸を窒息させるのは《西》の腐敗した吐息か、さもなければ《東》の凍てつく風だ。〔……〕

こんな「綱領に代えて」という文章で始まる月刊（をめざした）『オグニスコ Ognisko〔＝焚火／焦点〕――学習するポーランド青年の機関誌』は、一八八九年春に創刊号が出たが、あっという間にオーストリア帝国警察によって没収された。所載の論文「人民の友」が原因とされたので、編集部はその論文を削った五月号を再び「第一号」と銘打って発行した。しかしそもそもが社会主義に近い最もラディカルな学生たちが立ち上げた非合法の雑誌だったから、何度も没収の憂き目に遭い、編集者らは逮捕され、放校処分となり、何ヶ月も休刊を余儀なくされた結果、一八九〇年四月までに日の目を見たのは七冊だった。

『オグニスコ』初代編集長は詩人のカジミェシュ・テトマイェルで、後に文藝批評家として名を成すヴィルヘルム・フェルドマン、後のポーランド社会民主党党首で、第一次大戦後の臨時ポーランド政府首班イグナツィ・ダシンスキらも編集に参加していた。グルスキは『オグニスコ』最後の号を編集し、その廃刊後は路線を継続する『運動――学術文藝雑誌』

を発行したが、これも直ちに没収され、発行停止となった。

右の宣言文で「スタンチク派」と名指されているのは、大幅な自治を認められたガリツィアの現状維持を優先して、オーストリア＝ハンガリー帝国の政治に妥協する守旧派のことで、当時の多くの有力な大学教授もこれに分類された。『オグニスコ』に拠る青年たちはこの体制を批判すると同時に、ポーランドでは政治においても文化においても圧倒的に強かった士族（シュラフタ）の特権、士族による支配も否定した。そしてポーランドは人民のものであると告げた——


〔……〕我々は信じる。ポーランド人民が、自らの利害と必要を自覚した暁には、大海原の底から怒濤のように立ち上がるであろうことを——そしてひとりで、庇護も助言もなしに、労苦に鍛えられた巨人の腕で、社会生活、民族生活、政治生活を覆いつくす様々な否定的要因の黴びた殻をこじあけ、叩き壊してくれるだろうことを。

それこそ我らが新しき祖国、我らが民族の未来、我らが《若きポーランド Młoda Polska》だ。愛国の専売特許を不法に占有してきたあなた方は、あなた方の太陽とは違う、《自由の太陽》を我々が臆することなく見つめているからと言って誹謗するのはよしたまえ。古い殿様ポーランドの荒涼たる廃墟から我々に向かって不吉な声で鳴く梟には、一握りの古い民主主義者の顰《ひそみ》に倣《なら》い、応えよう——

我らは第二の、諸君とは対立する祖国なのだ、と。[28]

「一握りの古い民主主義者」とは、一八三〇年代ポーランド人亡命者の中でも最も過激な思想を掲げたグループ《ポーランド人民 Lud Polski》のことで、当時の《若きポーランド》ともメンバーを一部共有しながら、一八三五年から四六年ごろまで活動した。「ポーランド初の社会主義組織」(エミル・ヘケル)とも呼ばれた《ポーランド人民》は、少数者による大土地所有制度を認めず、士族階級の祖国に人民階級の祖国という概念を対比させ、人間は自らが労働で獲得したもののみ所有できるとした。

グルスキは晩年の一九四八年、学生時代をふりかえりながら「何百万人という農村の住民が〔ガリツィアの〕貧弱な農業経済のせいで貧困と退歩に直面していた。〔……〕《若きポーランド》の運動は、そうした状況のあり方全体に対する抗議と反抗の表れだった[29]」と書いている。

もう一人、同じ時代に学生だった、ヴィスピャンスキと同い年のスタニスワフ・エストライヘルの回想も見ておきたい。

ヴィスピャンスキが大学の友人たちと会っていた場所は、講義室と言うより〔……〕学生たちの各種団体だった。そうした場所では非常に激越な論争や諍いの絶えない時代だった。われわれより二、三歳上の世代の学生に特徴的だった愛国的でリベラルな民主主義に代わって、ちょうど、まだ完全に社会主義とは言えないとしても、かなり社会主義に近い、過激な社会的思潮が抬頭してきた頃だった。その思潮は、クラクフでは大きな抵抗に遭っていた。なぜなら、町の歴史的伝統、ここで発行されている新聞二紙(『チャス』、『ノーヴァ・レフォルマ』)両方の影響、そして上の方から、つまり教授陣から吹いてくる保守的な気流が、あらゆる社会主義的影響がはいり込まないよう、非常に強く作用していたからだ。〔……〕ついに大学全体を巻き込んだ集会が始まり、一八八九年から九〇年にかけての冬には非合法集会や騒乱にいたった。〔……〕つまり、ほとんど週を追うごとにその政治的、社会的熱が高まってゆき、胸の高鳴りを覚えるすべての学生の心を熱くした。[30]

ちなみにエストライヘル自身は保守支持の学生を集めて、『オグニスコ』派を糾弾する文書を編集して署名を集めたところ、三〇〇人もの賛同者がいて、そのうちの一人がヴィスピャンスキだったというからおもしろい。いずれにしても『オグニスコ』の影響はなかなかのものだったということが、あれこれの証言からわかる。グルスキが編集し、ルヴフで刊行されるはずだった『オグニスコ』最終号には、「若きポーランド」という彼のテクストが、「若きルーシ〔=ウクライナ〕」という文章と隣り合っていたというが、結局没収されたこの号を私は目にしていない。

グルスキは一八九〇年一二月から九一年一月にかけて、クラクフのシェンナ通り一三番地にあった「聖ヤツェク」帝国第二ギムナジウムの生徒を集めて地下集会を数度開き、課題図書を示し、自習を促した。それは『オグニスコ』派が実践していた、若者の意識改革活動の延長線上にある勉強会だったが、これを直接の理由として、グルスキら主宰者は警察に逮捕され、九一年夏には法廷で裁かれた。グルスキは罪状を認めたが、この時点で秘密政治結社に属してはいなかったので、無罪放免となる。

アルトゥル・グルスキは、一八九二年一月三一日〜二月一日、ガリツィアの首都ルヴフで開催された、合法政党「ガリツィア社会民主党」——一八九九年以降「ポーランド社会民主党」——第一回党大会に、「社会主義者学生代表」二名のうちの一人として参加した。そして、党の機関誌『ナプシュット Naprzód〔＝前へ〕』となった隔週発行新聞にも、編集者の一人として頻繁に寄稿した。ただし、階級闘争を軸とする、過激で革命的な社会改革には賛成できず、他の多くの元『オグニスコ』メンバー同様、しばらくすると党から距離を置くようになる。それは一八九四年初頭のことだった。おりから盟友フェルドマンが出版した小説『新しき人々』には、この時期の熱気や学生たちの群像が描かれ、そこには「若いポーランドの最も果敢な闘士たち[31]」という表現が見られるが、この形容詞「若い」はまだ大文字ではなかった。

グルスキにジャーナリストとしての次の活動の場を提供したのも、フェルドマンだった。一八九四年からハイデルベルク、ベルリンの各大学で講義を聴いていたフェルドマンは、やがて九五年末、親ポーランド的煽動の廉で追放され、クラクフに来ると『ヂェンニク・クラコフスキ〔＝クラクフ日報〕』という急進的な新聞を発行し、グルスキは筆名でそこに《週刊評論》を連載した。新聞は一年半という短命で休刊となり、法学博士となったグルスキは、一八九七年以降、執筆活動の主な場所を週刊（後に隔週刊、月刊）の文藝誌『生 Życie』に移す。ルドヴィク・シュチェパンスキがグルスキを共同編集者に招いて創刊した週刊誌『生』は、一八九七年九月から一九〇〇年一月という短期間しか発行されなかったが、この雑誌の一八九八年四月九日付一五号から、一六、一八、一九、二四、二五号までアルトゥル・グルスキが掲載した、六節から成る評論「若きポーランド」の題名がやがて時代の呼称として使われるようになったというのが、教科書や事典に書いてある一般的な説明である。

しかし実状はもっと込み入っていた。まず第一に、固有名詞「ポーランド」に大文字の形容詞「若い」を冠した《若きポーランド Młoda Polska》という熟語は、これまで見たように、主として民主化、社会主義、ポーランド復興というような政治的な文脈で一八三〇年代から使われ、その記憶は世紀末の運動家たちも共有していた。第二に、ポーランド以外の文化的運動や雑誌名称では、若きフランス、若きベルギー、若きウィーン、若きスカンディナヴィア等々、枚挙に遑《いとま》のないほどの類例がすでにあり、これをポーランド語でポーランドにあてはめて表現したところでほとんど新味はなく、発明と言うにしても苦しいだろうと考えられるからだ。

グルスキの評論「若きポーランド」発表より三ヶ月早く、一八九八年第二号（一月八日付）の二一頁、《編集部への手紙》で、詩人のカジミェシュ・テトマイエルがいたってまじめな口調で書いた書評がある。人名がたくさんでやや煩瑣ではあるけれども、全文を訳出する――

『歌に於ける《若きポーランド》„Młoda Polska" w pieśni』――ゲベトネル&ヴォルフを版元として、近年の詩を集めたアンソロジー『歌に於ける《若きポーランド》』と題した、非常に興味深い本がつい最近出た。この「若きポーランド」という表現は何とも広く解釈されたものだ。何しろ〔アントニ・エドヴァルト・〕オディニェツから始まるのだから。その後は偉大なアスニク、偉大なコノプニツカを取り巻きながら、程度の差こそあれ才能豊かな詩人たちの群れが続き、直近の時代に及ぶ。アンソロジーを編んだのは著名な詩人チェスワフ・ヤンコフスキ氏で、氏は詩文学についての精確な知識を披露しつつ、労苦を惜しまれなかった。ただ、本書には非難すべき余地が全くないわけではない。それも重要な非難である。ヤンコフスキ氏は前書きで、近年の「秀作」全てを集めたと予告されるのだが――見てゆくと、単に器用で人を笑わせるのがうまいだけの二流詩人、バルテルスの名が目に入る。辛うじて韻を踏むだけのディレッタントたちの名前も現れる。挙句の果てには、二流どころか三流、四流の神様たちの名も並ぶ。が他方で、フランチシェク・ノヴィツキ、イェジー・ジュワフスキ、コンスタンティ・グルスキ、ルドヴィク・シュチェパンスキ、スタニスワフ・ピェンコフスキ、アンジェイ・ニェモイェフスキの名は無い（ヴィジコフスキ、シュキェーヴィチそしてコモルニツカは、これまでのところごく僅かな数の作品しか発表していない）。近年の秀作となれば、まず間違いなく指を折るべきは、アスニクの素晴らしいタトリ・ソネットにも比肩する、ノヴィツキのタトリ・ソネットだろう。一八九一年に出版されたノヴィツキの詩集は、詩を収めた書物としては当時最良のものだったが、依然として今でも最良の本の一つに数えられていい（実に素敵な「田梟《たげり》」や壮大な「スパルタクス」「讃美」などを思い起こせばいい）。アンジェイ・ニェモイェフスキは数冊の詩集を出したが、中には非常に美しい詩もある。イェジー・ジュワフスキも同様だ（ただ彼は自作の『歌についてのスタンザ』で私を詰《なじ》っている以上、私がここで彼の名を挙げても単なる社交辞令と取るに違いない）。ルドヴィク・シュチェパンスキは詩集をすでに二冊出している（彼自身の雑誌で彼を褒めるわけにはゆかないが）。コンスタンティ・グルスキとピェンコフスキはまだ単行本の詩集は出していないが、それはルツィアン・リデルとて同じこと。だが彼にも、現代の最も優秀な詩人の一人として、『若きポーランド』の中でももっと多くの頁を割いて然るべきだ。K・グルスキが素敵な詩を書く人間だという評判はとうの昔に出来上がっているし、ピェンコフスキも実に不思議なほど非凡な才能の持ち主であり、素晴らしい未来が待ち受けていることだろう。ピエンコフスキに関しては、彼が注目を浴び始めた頃、このアンソロジーは既に編纂済みだったのかもしれないが、私がここで名を挙げた他の詩人たちは、数年前から舞台に登場しているので、なぜ除外されたのかと、ヤンコフスキ氏に対して不満を抱いたとしてもおかしくはない。

『歌に於ける《若きポーランド》』については、一八九八年に出版された、インテリゲンチャにとって最も興味深い本の一冊として、きっと編集部が詳細な報告をしてくれるだろうし、本自体、きっと近いうちに第二版が作られるだろう。その暁には、私の同僚たちが被った損害はヤンコフスキ氏から償って貰わねばなるまい。

カジミエシュ・テトマイエル
ザコパネにて

図 20　テトマイエル「編集部への手紙」

テトマイェルとヤンコフスキの私的な間柄は知らないが、随分とずけずけ言ったもので、いかにもカスプローヴィチと並んで時代の寵児扱いされていた文人らしい圧力が伝わる文章だ。テトマイェルのこの文章の横には、よく撮れた彼の大きな写真が、誌面中央に印刷されている（図20）。まるでスターのブロマイドで、「編集部への手紙」コーナーでのこの扱いは特別感がある。案の定、ヤンコフスキはテトマイェルの意見をほとんどすべて聞き入れ、すっかり内容を入れ換えた改訂第二版を一九〇三年に出版した。

二ヶ月後、三月一二日発行の『生』第一一号では、今度はプシビシェフスキをテトマイェルが紹介するというテクストがあり、これも全文を訳す。

スタニスワフ・プシビシェフスキの「魂の魂 Epipsychidion」に序文を書くようにと『生』編集部から依頼された――また何故《なにゆえ》に？　序文は普通より偉い作者がより偉くない作者の作品に――推薦状代わりに――書くものだが、この場合は？　スタニスワフ・プシビシェフスキは、世界中の少なくとも文学的インテリゲンチャに知られた、ドイツであれば全インテリゲンチャに知られた名前であるのに対して、私の名前などは、この国内においてさえ、それには及ばないかもしれないのである。

スタニスワフ・プシビシェフスキは――紳士淑女諸君――外国では評価の高い、ドイツ人に言わせれば genialer Pole〔天才的ポーランド人〕だ——従って——シャポー・バ〔＝脱帽〕！

似たような言葉を口にして、シューマンはショパンを人々に紹介した——ただ、プシビシェフスキに対する関係において、私はシューマンではない。

スタニスワフ・プシビシェフスキは、クラチュコ、ホイェツキ〔シャルル・エドモン〕、ジェヴスキのように、ヨーロッパの文壇で「相応の地位」を占める、数少ないポーランド人作家の一人だ。そんな地位を得なかったスウォヴァツキは、フランスの詩人たちとのつきあいを避けた。プシビシェフスキが、そうした数少ないポーランド人作家の仲間入りできたのは、彼が「ヨーロッパの」言語で、つまりドイツ語で文章を書くからであり、相応の地位を占めることができるのは、彼が天才的な人間だからだ。

この genialer Pole がポーランド語で書き始め、その仲間入りをしたならば、《若きポーランド „Młoda Polska”》はそれを誇りに思わねばならないだろう。ドイツ語で書くプシビシェフスキを誇りに思えるのは、彼を生んだと言えるポーランドの土地だけだ。

プシビシェフスキはポーランド語で書き始めた——我々は彼の「海 Morze」を読んだ。今度は「魂の魂 Epipsychidion」を読ませてくれる。

今世紀最大の詩人の一人、世界で最も傑出した詩人の一人、ウィリアム〔ママ〕・パースィ・シェリーが自分の作品に付けたものと同じ名を自作に付ける——それができるためには、よほど大胆で、自信があり、自分にその権利があると感じられねばならない。シェリーの**Epipsychidion**《エピサイキディオン》とプシビシェフスキの**Epipsychidion**《エピプスィヒディオン》は二つのまったく違う世界だ。形式について言えばシェリーは韻文で書いたし、内容も違う。英国詩人の**Epipsychidion**は最も理想的で最も理想主義的な恋愛抒情詩であり、〔スウォヴァツキの〕『スイスにて』ほど美しくはなくても、発想においては遥かに高尚だ。プシビシェフスキの**Epipsychidion**は壮大な象徴主義的ヴィジョンであり、その中に作者の意図を読み取ることは、シェリーの意図がわかりやすく明快であるのと同じ程度に難しい。

　プシビシェフスキの**Epipsychidion**は、ファンタジーの奔放と知性の深さを、シェイクスピア時代以来およそ例を見ない仕方で結合することのできた摩訶不思議な天才、エドガー・アラン・ポーを想起させる。殊にプシビシェフスキの**Epipsychidion**の冒頭はポーの「影 *Shadow*」を思わせ、描き方全般も、文体自体、雰囲気そのものが、プシビシェフスキはポーに学んで育った、ポーの弟子だということを教えてくれる。しかしそれは、『〔コンラット・〕ヴァレンロット』におけるミツキェーヴィチや『ベニョフスキ』におけるスウォヴァツキがバイロンの弟子であるという意味での「ポーの弟子」ということだ。彼がどこから来たかはわかったが、彼はすでにそこを離れ、わが道を行っている。では何処へ向かおうとしているのか？　それはわからない。バイロン主義者のミツキェーヴィチは『パン・タデウシュ』を書いた。スウォヴァツキは、その精神の驚嘆すべき、途轍もない独自性を物語る『精霊王』を書いた。

並外れた能力の持ち主が往々にしてそうであるように、スタニスワフ・プシビシェフスキは、極めて早熟だった。彼は若い人間だ——（三十歳そこそこか）——絶えず発展しつづけているので、今彼の書くものが、彼の活動の最終的な表現であるとは言えない。メーテルリンクの『温室』、『闖入者』、『ペレアスとメリザンド』といった天才的な混沌《カオス》の中から、最終的にクリスタルのような『アグラヴェーヌとセリゼット』が出現したように、「ヴィギーリエン Vigilien」、「死者のミサ Totenmesse」、「Epipsychidion」の天才的なカオスから、何らかの作品が出現して、シューマンがショパンについて言った言葉を我々も言える日が来るだろうと私は思う——「諸君、脱帽したまえ！　天才の登場だ！」と。〔傍点は関口〕

クラクフ、一八九八年二月二四日

さらにこの二週間後、一八九八年三月二六日付『生』第一三号の一頁では、「編集部から」と題された、どう見ても「宣言」としか読めないテクストが掲載される——

半年。

今号をもって『生』は第二四半期《しはんき》を終え、第三四半期に入る。

若い雑誌にとっては、この短い時間の経過も非常に多くのことを意味した。我々は本誌の少なからぬ弱点を認識したし、改良し、変更した点も少なくない。しかし、「王国」の域外では唯一のポーランド〔語〕文藝週刊誌である本誌について、たとえ何が言われたとしても、本誌がほぼ号を追うごとに成長し、自らの役目をより良く果たしつつあるのは否めぬ事実だ。

本誌は雄々しくなり、自らの姿勢を強固なものにし、自らの志向と目的をより精密に規定した。半年が過ぎる時点で、我々は不要な重しを取り除くことができ、明確で断固とした立場をとることができた。次の見本誌において、我々は我々の綱領を、《若きポーランド》の綱領を提示する。目下のところは、以下のことを確認するに留めよう――我々は『生』の周囲に、全ての最も優れたポーランド人の力を、最も掛け値ない才能を集めた。そして彼らの友好的な参加を恒常的に確約もされた。我々の呼び掛けに快く応じて駆けつけぬ優れた詩人は一人もいないし、小説家も、すでに我々の名簿には、世に知られた著者たちが延々と名を連ねていることを誇りに思う。また既に我々は、将来を嘱望される、一連の若い文学的才能、美術的才能を舞台に登場させた。

クラクフでは日常茶飯事のいかなる攻撃も誹謗中傷も怖れることなく、我々は律義に自分の持ち場を守り、あらゆる善事を勇敢に、時には心を鬼にして、防衛してきた。我々の雑誌はポーランドの雑誌であり、進歩的な雑誌である――これは《若きポーランド》の文学藝術雑誌である。

本誌はこの立場に依然としてとどまるものである。我々は、ここガリツィアの地で、相対的にはより大きな言論と出版の自由を手中にしながら、ポーランドの、そして進歩的な思想と藝術を集約するものである。

我々が成長するに従って、我々の読者の数も日に日に増えている。それにより我々の力もエネルギーもまた増大する。明るい見通しをもって第三四半期を迎える所以である。すでに編集部に保管された貴重な作品の掲載予告は敢えてしないが、少しだけ明かせば、第三四半期はジェロムスキ、ズィフ〔＝ジェロムスキ〕、プシビシェフスキ、そしてヴィクトル・ゴムリツキの小説『兵隊』で幕開けする。

第三四半期、『生』は、最も優れた美術家たちが参加する《画集》の刊行にも取り組む。

同四半期にはまた《新刊図書室》の出版も始めるが、その内容見本は近日中に頒布の予定。

次号『生』第一四号は見本誌として五〇〇〇部の印刷を予定。

早期の第三四半期購読料前納をお願い致します（2 zł̶r. 60 ct.4 mk. 50 fen. 送料込み）

編集部

グルスキのいわゆる《若きポーランド》宣言

右のテクストで編集部、つまりは編集長ルドヴィク・シュチェパンスキが「次の見本誌において、我々は我々の綱領《プログラム》を、《若きポーランド》の綱領を提示する」と予告していた「綱領」は、一号遅れて一五号から掲載が始まった。アルトゥル・グルスキが筆名カジモドを用いて韜晦して書いた「若きポーランド」である。しかし、妙なことに本文中に題の説明はない。《若きポーランド》という熟語そのものが出てこない。出てくるのはもっぱら「若者」「若者の魂」「若いポーランド人の魂」のような言葉ばかりだ。

カジモドの「若きポーランド」は、一連の論争の一環として書かれていて、その文脈の理解なしに独立したテクストとは読めないもので、書いている方もそれは充分に意識していた。大学教授ズヂェホフスキを初めとする体制派、守旧派が「今の若い者が書くものはだらしなく、情けない」と――平たく言えば――公の場で批判したことを受けての弁論だった。この本の巻末に付けたボイの講演『《若きポーランド》が円熟するまで』にもあるように、それはどこの国、どこの時代でもよくある新旧世代論争に近いものだった。かなり長い全文をここで訳出することはせず、それでも宣言らしき表現だけを文中から探すと次のようになる――

（一）そんな風に了解された「伝統」や「民族精神」は我々を苦しめる――事実、若い頃から我々はそうした観念とともにずっと苦しめられてきた。そういうものとは違う様々な要因によって、現代ポーランド人の魂は形成され、成り立っている。その魂を――たとえ古い世代と全面的に対立しようとも――藝術において表現しようと我々は欲する。そしてそれは我々の対立が取り得る唯一の形式だ。その他のあらゆる分野はあなた方が独占すればいい、平和裡にたんまり儲ければそれでいい――我々は藝術においてのみ自由を要求する。個性を自由に表現できないところに真の藝術も偉大な藝術もないからだ――それ以外の、一般大衆のために創造される如何なる藝術も、藝術的産業に過ぎない。

（二）人間の魂を切り離して見ること、個体をそれ自体で完結し、閉じた、自らの至高の法則に従う世界として評価することが始まった。我々の現代文学において、いわば魂の新たな発見がなされたのだ。魂の外的な生以外に、昼の光では捉えられない広大な深みが存在し、生の喧噪の中では決して声を発するにはいたらない、感情や予感の大群が犇めいていることに我々は気づいたのだった。

（三）メーテルリンク、ユイスマンス、ダンヌンツィオ、ヴェルレーヌ、プシビシェフスキといった作家たちにとって、藝術的観照の最も生々しい対象は、存在の謎を背景にしてのみ調べることのできる、他と切り離された魂そのものとなった。そして、日常性と生の変わりやすさの外にありながら、人間の魂にとってはつねに最も深い内的衝動の源泉でありつづけるものが、創作の主要な動機となった――すなわち死と愛だ。時という衣裳を剥ぎとられ、その美しさと恐ろしさの全容を現わし、藝術家の眼前に置かれた「赤裸の魂」の文学は、こうして生まれた。その文学は、深層に生きながら意識の閾《しきい》を超えて出ようとしない様々な感情を徹底して敬い、「環境《ミリュー》」理論によってその自律性と偉大さを奪われていた尊厳を人間の魂のために取り戻した。そして、官能の琴線に触れた時は、そこから暴力的でも動物的でもなく、豪奢にきらめく高貴な旋律を引き出した。

（四）我々の目には、才能はそれ自体で尊敬に値するものであり、才能は、我々が生存を賭けるゲームの切り札であり、我々の主要な存在理由《レゾン・デートル》なのだ。〔……〕正直、正直であること、自らの魂に対して、自らのインスピレーションに対して持つ勇気――現代ポーランド文学で何よりも必要なものはそれだ！　それだけが才能の若さと雄々しさの秘訣だ。〔……〕我々は若き才能に対して正直たれと要求する。そしてこの正直ということを綱領らしきものの要点として掲げ、その当然の帰結として、個人としての勇気を、リスクを、ほとんど自己犠牲と言ってもよいものを、要求する。

彗星――プシビシェフスキ

カジモド、すなわちグルスキの評論「若きポーランド」最終回のⅥが掲載された『生』一八九八年第二五号は六月二五日付だった。

九月一〇日、一ヶ月後、小説家のガブリエラ・ザポルスカは一〇月九日付の日記でこう書いた――「よだれを垂らした酔っ払いのプシビシェフスキが初めてクラクフ入りし、熱狂的な歓迎を受ける。

「よだれを垂らした酔っ払いのプシビシェフスキ親分を担いで歩く、あの《若きポーランド》の飲んだくれ一味を見ると（ああっ！）虫酸が走る。藝術的でも美しくも何でもない。それどころか、酔っ払った南京虫の集団としか思えない」。

「《若きポーランド》の飲んだくれ」プシビシェフスキは、やがて「《若きポーランド》の彗星」と呼ばれるようになり、彼の墓にはそう刻まれているという。強い輝きを放ちながら接近し、あっという間に離れていった彗星が地上に与えた衝撃はたしかに相当なものだった。

ワレ告白ス

プシビシェフスキ（図21）は、新たに自分が編集長となった雑誌『生』の一八九九年新年号で『Confiteor ワレ告白ス』というマニフェストを発表した。ミリアムのいくつかの宣言と並んで、《若きポーランド》時代のモダニストが書いた宣言として最も有名なテクストである。以下、その全文である。

図21　スタニスワフ・プシビシェフスキ 1927年以前

藝術に関する吾々の考えを開陳するにあたり、美学者の意見を聞くことは不要だと考える。多種多様な美学的見解、判決に論駁することも余計であり、かと言って、吾々が何か全く新しいことを言っているとも思わないが、何らかの特徴を有すべき雑誌の指揮を執るに際しては、雑誌の進む基本的な方向は打ち出さねばならない。

吾々の考える藝術は「美」でもなく、ショーペンハウアー謂うところの「ein Teil der Erkenntnis〔認識の一部〕」でもなく、プラトンに始まり、耄碌したトルストイの痴《し》れ言に至る、美学者たちが唱えた無数の公式のいずれも、吾々の認めるものではない――

藝術とは、あらゆる変化にも偶有性にも左右されず、時間にも空間にも従属せぬ、永遠なるものの再現であり、従って

本質的なるもの、すなわち魂の再現である。しかもそれは宇宙にも、人類にも、一人一人の個人にも顕現する魂だ。

藝術は従って、そのあらゆる現れにおける魂の生を、それら現れの善悪、美醜に関わりなく、再現する。

正にこのことが吾々の美学の要諦を成す。

昨日までの藝術は、いわゆる道徳に奉仕する身分にあった。ごく僅かな例外を除けば、最も偉大な藝術家でさえ、道徳的観念もしくは社会的観念といった極めて移ろいやすい観念と切り離して魂の現れを追跡することができずにいた。常に自らの作品に道徳的・民族的外套を着せてやる必要があった。吾々の考える藝術は、魂の徴候を善か悪か偶有的に分類することを知らないし、道徳的にせよ社会的にせよ、如何なる原則も知らない。吾々の考える藝術家にとっては、魂の全ての現れは同等であり、彼はそれらの偶有的な価値を顧みることもないし、魂の現れが、個人に対して或いは社会に対して偶発的な悪

しき影響をもつか、善き影響を持つかということに左右されない。彼が考慮する基準は、それらが如何ほどの力をもって現れるかだ。

従って吾々の藝術の実体は吾々にとり、それが良いとか悪いとか、美しいか醜いか、純粋かそれとも調和か、放縦か、罪か徳かといったこととは関わりなく、唯一そのエネルギーの面からのみ存在するのである。

藝術家は従って魂の生をそのあらゆる現れにおいて再現する。社会的法律にも倫理的法則にも関心なく、偶有的な境界も、名称も、公式も知らなければ、社会がそこへと魂の流れを押し込み、衰弱させた水路の如何なる河床も支流も知らぬ。藝術家が知っているのは、唯一つ——繰り返そう——魂が外に奔出する際の力だけだ。

藝術は、その全ての状態における魂の発露であり、魂をそのあらゆる道で追い、魂と共に永遠の中へ、汎宇宙の中へと駆け出し、魂と共に存在の原初の泥に身を沈め、虹の頂きへと登りつめる。

藝術は如何なる目的も持たず、それ自体が目的であり、絶対者である。何故ならそれは絶対者——魂の反映だからである。

藝術は、絶対者である以上、如何なる規律に縛られることもなく、如何なる思想の下女にもなり得ず、主人であり、生の全てがそこから生まれ出た原初の源泉である。

藝術は、生より上の高みに居て、万物の本質に立ち入り、凡人の目には見えぬルーン文字を読み、一つの永遠から次の永遠に至るまでの万物を抱擁し、境界も知らねば法も知らず、魂の存在の永遠なる持続と力のみを知り、人間の魂を汎自然の魂と結び、個人の魂を汎自然の魂の現れと見做す。

偏向藝術、教訓的藝術、娯楽藝術、愛国的藝術、何らかの道徳的もしくは社会的目的をもった藝術は藝術であることをやめ、自ら考えることができないか、必要な教科書を読むに充分な教育を受けていない人々のための「Biblia Pauperum〔貧者のための絵解き聖書〕」となる。そういう人々のために必要なのは旅する教師《ソフィスト》たちであり、藝術ではない。

藝術の力を借り、社会に対して教導的にまた道徳的に働きかけること、人々の裡に愛国心や社会的本能を呼び覚ますこと、それは藝術を貶めること、絶対の高みから生の貧しい偶有性へ突き落とすことを意味し、それをする藝術家は藝術家の名に値しない。

民主的藝術、民衆のための藝術は更に低いところに位《くらい》する。民衆のための藝術は、本来近寄り難いものを平民向けに供せんとして、藝術家の用いるさまざまな手段を、唾棄すべき、薄っぺらで陳腐なものに変える。

民に必要なのはパンであって藝術ではない。パンさえ手に入れば、民も自ら進むべき道を見つけられる筈だ。

藝術をその祭壇から引きずり下ろし、あらゆる市場や街頭を引きずり回すとすれば、それは神聖冒瀆に外ならない。

このように了解された藝術は至高の宗教となり、藝術家はその神官となる。彼は、彼が魂の諸相を再現する内的な力によってのみ私的な個人であり、それ以外の場合にあっては、彼は、絶対と永遠が顕現する宇宙的、形而上的力そのものである。

彼はまた、あらゆる未来を開示し、苔むした過去のルーン文字を解き明かした最初の預言者であったし、最奥《さいおう》の秘儀に通じ、森羅万象の神秘な関連を包含し、それらの相互作用を予感、発見して、その知識から自ら創り出した力によって天上の星々をその軌道上で停止させたマギであったし、最も秘められた原因を知って新たな、嘗て予感されたことのない総合体を創造した、偉大な賢者であった。この藝術家は、**ipse philosophus, daemon, Deus et omnia**〔自身が哲学者、悪魔、神そして全てだ〕。

藝術家は僕《しもべ》でもなければ長《おさ》でもなく、民族にも世界にも属さず、如何なる思想にも如何なる社会にも仕えない。

藝術家は生よりも世界よりも上の高みに居て、如何なる法律にも束縛されず、如何なる人間の力によっても限定されぬ、主の中の主である。

彼の眼が天を貫き、神の威光にも達し、この上なく唾棄すべき汚辱を明るみに出し、最悪の犯罪を再現したとしても、彼自身は神聖にして浄らかである。

何故なら、彼は、人間の魂の現れをあれこれの河床に押し込める法律も制限も知らぬからである。彼が知るのは、徳においても罪においても、自堕落においても専心の祈りにおいても等しく強力な、それらの現れの力だけだ。

「精神の貧者たち」を教え諭そうとする藝術家は、彼らの長となろうとするが、どうせならアジテーターになるか、あるいはフーリエが夢見た巨大なファランステールを設立するがいい。何故なら、精神の貧者の王国――それはパンであって藝術ではないからだ。

特定の社会の要求に自分を合わせる藝術家は、社会にへつらい、消化しやすいように充分噛み砕いた飼葉を社会に与える（私は藝術家について語っていたのを忘れて、おとなしい役牛の話を始めたようだ）。

拍手喝采を切望して、大衆からあまり認められないと訴える藝術家は、まだ藝術の玄関先に立っているだけで、自分は主人であるという感覚がないのだ。主人は恵みを乞うことなどせず、むしろ気前よく恵みを大衆に分け与えるものであり、礼を望むこともない――それを望むのは精神の平民、成金どもだけだ。

自分の精神の宝を大勢に分け与えながら、大衆に接することで自分の魂が穢れると訴える藝術家は、聖なる敷居を越えはしたが、間違っている。如何なる法も認めぬ者は、大衆より、世界より上の高みに立っているので、穢れる筈がないからだ。

民族とは、永遠の微細な一部であり、藝術家の根はその中に埋まっている。そこから、郷土の地から、藝術家は最強の力を引き出す。藝術家は民族に根ざすが、それは民族の政治でも、その外的な変遷の裡でもなく、永遠なる民族の裡に根ざすのだ——他のあらゆる民族と区別される異なりのうちに、不変で永遠なるもの、すなわち血統〔rasa〕のうちに根を張るのだ。

従って、吾々の考える藝術家が無国籍的だと難じるのは、およそ馬鹿げた、愚の骨頂に外ならない。何故ならば、藝術家にこそ民族の「本質的」、内面的精神が顕現するのであり、彼こそが神秘の《精霊王》[32]であり、民族の栄光、昇天なのだから。

藝術家の「模糊とした神秘性」を難ずることも愚の骨頂だ。吾々の考える藝術は、形而上学であり、新しい綜合を成し遂げ、万物の核に達し、あらゆる謎と深奥に立ち入る——ところが、それが神秘主義（心霊主義のようなものらしい——笑止！）に見える人々がいまだにいるのだ。

いま一度、吾々が遭遇し得る、全ての非難を繰り返しておく。

吾々は、道徳的であれ社会的であれ、如何なる法も知らぬし、如何なる特別待遇も知らない。魂の現れはどれも、吾々にとって純粋かつ神聖な深淵であり謎である。そして強大である。

編集の技術的な側面に関して、幾つか詳細を記す。

本誌『生』を隔週発行に変えるにあたり、吾々は定期購読の条件を変更しなかった。本誌の同人諸氏は、自分の作品を只同然で提供し、そうすることで品位なき不誠実な競争を生み出すことなどできぬし、またすべきでもなく、他方、読者諸君には、絵画や彫刻また演劇に対して支払うもののたとえ千分の一でもいいから、文学作品に対しても払うことができるし、またそうすべきだという考えに慣れて貰わねばならない。

吾々の努力目標、編集者としての理想は、最も若い藝術家世代に対して、新しい発想なり新しい形式なりを胚胎させるような作品を提供することであり、純粋に藝術的な情報を得るためには何人も他の雑誌を見る必要がないほど、雑誌を高い水準に引き上げることである。そしてその目標のため、吾々編集部は国外の最も優れた批評家諸氏と提携した。そうすることで初めて、ポーランドの雑誌がしばしばそうであるように、各国文学について殆どあるいはごく表面的にしか知見を持たぬ人々の手になる十番煎じの情報ではなく、長年文学を追究し、文学に生きる人々から直接得る、源泉的情報を提供できるのだ。

吾々は本誌社会部門を廃止した。それはその性質から言って常に重しであった。そもそも社会問題は数篇の文章で解決するものではなく、誰が編集したとしても社会部門は特定の傾向に偏らざるを得ず、これまでも常に藝術部門と著しく矛盾したものだった以上、そのままでは本誌の性格そのものが棄損されざるを得なかった。

一方にも他方にも偏ることのない、妥協のない、均質な雑誌であること、それが吾々の理想である。

ともかく、この社会部門の廃止によって傷つく者はいない筈だ。社会問題を真剣に考える人々にとっては、そもそもこの雑誌の社会欄などでは全く用が足りていなかったからだ。いずれにしても彼らは別の雑誌に拠らざるを得なかったし、『生』は、皮相な論文を読むだけで事足りるような怠惰な人々の機関誌になる気はないのである。

深刻な学問のそうした大衆化は、最悪の結果しかもたらさないということは、経験が物語っている。


これは吾々の信仰告白である。

吾々の雑誌は、一週間の労働を終え、日曜日ともなれば藝術家の作品に娯楽や癒しを求める小市民の需要に応えるためのものでもなければ——そうした小市民がいったい何千、何万といることか——また子供や老人性委縮を患う者のためのものでもなく——読む力のない人々のためにあるのでもない。

本誌は——残念ながらおそろしく数は少ないが——藝術家のために、藝術はそれ自体が目的であると考える人々のためにある。

そして、かくも高度の文化とかくも美しく堂々たる伝統を有する民族であれば、その中には、大衆的な歴史教科書や社会的、倫理的分野の講義ではないものを藝術に求める、洗練された精神の貴族が千人はいるだろうという希望の下、そうしたメランコリックな、諦念に満ちた希望の下に、吾々はここに三年目の『生』を刊行しようとする。

誕生の当初から、人は吾々のために葬送のミサを歌ってきたが、『生』は葬られなかった。今日、嘗てないほどに力強くなった、物質的な保障に恵まれた『生』は、これからも変わらず、《藝術のための藝術》という聖なる《灯明》を大切にして守り続けるだろう。

財政上の困難を抱えていた『生』は、その立て直しをヨーロッパ規模の名声と人脈を誇るプシビシェフスキに託したのだった。その後も経営難は続き、検閲による没収も後を絶たぬ中、廃刊（最終は一九〇〇年第一号）までの僅か一年数ヶ月だったが、その間にヴィスピャンスキは——雑誌のデザインを担当するかたわら——戯曲『ヴァルシャヴィアンカ』を、カスプローヴィチは讃歌「怒りの日」「サロメ」「聖なる神よ」を誌上で発表した。

雑誌『ヒメラ』

《ミリアム》すなわちゼノン・プシェスメツキの仕事で一般にもっとも知られているのは、《若きポーランド》時代のもっとも有名な雑誌『ヒメラ Chimera』の発行だろう。ヒメラは、ギリシア神話の怪獣キマイラのポーランド語。

全文を訳出して次に掲げるのは、一九〇一年一月の創刊に際して配布された、一種の宣伝用リーフレットにある無題のテクストである。上掲の「吾々のもくろみ」から丸一四年が経過して、《若きポーランド》も円熟し、ミリアムの口調もはるかに強く、自信に満ちている

——

厳粛にして闇深し——ツィプリアン・ノルヴィットならそう言いそうだ。何年も前にワルシャワの『生』が、偏向のない純粋な藝術を宣言した〔前掲「吾々のもくろみ」〕時に比べても、闇は深い。あの頃は、一体全体どうしたら進歩的でもなく保守的でもない藝術があり得るのか、と驚かれただけだった。ところが今日《こんにち》、凡庸さと低空飛行、実用的物質主義と傲慢な社会平等主義の時代、天底《てんてい》に達した時代、換言すれば、生が生を超えて高く舞い上がることをやめた（E・ヴェルアレン〔＝ヴェルハーレン〕）時代にあって、人々は、藝術にこれこれの志向が欠如していると非難するだけでは飽き足らず、やれ病

的だ、底無しの淵だ、やれ難解だ、神秘主義的冗舌だ、やれ変質だと言っては――つまりは天才の特性を神経症だと称して――藝術の最も本質的な特性と天にも届く飛翔力をすべて排除しようと欲するのだ！　できることなら、「物事をややこしくする、美の感覚」（トルストイ）を藝術から排除したい、できることなら藝術そのものを彼らは排除したいのだ――下界の地平にのみ押し込められることを嫌う、手に負えぬ永遠の叛逆者、人間存在の最も深い、絶対的、神的な、遥かな原初を永久に見つめ続ける幻視者《ヴィジョネール》を。

そんな呼びかけが功を奏す筈もないので、せめてこれ位はと、人は彼女〔＝藝術〕を谷底に引きずり下ろし、王族の衣裳を剥ぎ、地上の軛《くびき》に繋ぎとめる。そのすべてが、《イデア》という自らの母との一切の結びつきを疾《と》っくに失くした空疎な響きの「理想《イデアウ》」の名の下に遂行される。

藝術の精神に発するあらゆる表れに対する攻撃は、古くから知られているものではあるが、それがこれほど暴力的になり、これほど根拠を欠き、これほどの不実さを孕《はら》んだことは嘗《かつ》てなかった。真に創造的な個人や作品が頑《かたく》なに無視され、いつでもどこでも不足することのないピエロや能無しを見ては、世代あるいは〔吾々が目指す〕方向全体について侮辱的な結論が導き出される。かと思えば、百の頭をもつ俗物主義《スノビズム》のヒドラによって大量に生産される、新思潮のカリカチュアを、わざとらしい無邪気な顔で、真に受ける。しかし現象の最も意味深長な徴候は、たとえ声高に新しさを訴えてはいても、深みのない表面的な作物は、ほんの僅かな時間のあいだ罵られ、蔑まれたあとは、やすやすと赦《ゆる》され、肯定され、仲間入りを認められることだ。それに対して、広大な領域と容易ならざる深みを有する作品は、システマティックな、いわばある種意図的な計画の下に、世間から無視され、忘却の淵に沈められる。

　ここへ来て危険は脅威となりつつある。ここまで来れば最早、妥協も道化芝居も知らぬ真正な藝術を防御するための常設の前哨基地が必要なことは――あるいはこう言い換えた方がよければ、藝術と藝術のふりをするだけのものとの間に境界となる壁が必要なことは、明々白々だ。

　そうした衛士《えじ》となること、絶対的な常在地から泳ぎ来る藝術を篤く、真率に、恭しく礼拝する神殿となること――それを《ヒメラ》は希《ねが》う。

　真率で深いインスピレーションに基づく作品は、常に本誌の熱く歓迎するところであり、そうした作品が絶えることはない筈だ。と言うのも、今日のわが国の主要な創作者たちと並んで、ここでは、過ぎ去った時代もまた、忘れられた巨人たちの青銅の声を得て甦るだろうし、わが国ではその最も貴重な宝石すら知られていないも同然の、異国の民の宝物庫もまたここをよぎるからだ。それらのあらゆる宝物を展覧することは、きっと新しい、未来の才能を目覚めさせるに違いない。それに劣らず豊かな帰結をもたらすと思われるのが、さまざまな分野の藝術家たちの創作物を並行して掲載することで、また音楽、造形藝術、文学各分野で最強の個人や作品を分析することにより、藝術家たちを互いに近づけることだ。それは《ヒメラ》の目的にも掲げた、藝術は一つだという吾々の信念がもたらす帰結でもある。これらのことはすべて、現在の藝術論における混乱に鑑み、またもとより綜合的な結論を下し一般化する能力のない現代人の精神に鑑み、基本的美学的諸概念と創作の理論を順を追って、また詳細に点検、考察することの必要性をより意識させ、理解を深めることにもなる。そして、内容全体を補い、且つある種の枠を提供するのが、この印刷物の外的な意匠においても存在する、ある種のスタイルだ。これは読者の美的感性を絶えず高めることと、外的意匠の準備という課題に応えねばならぬ、応用藝術の発展をも願ってのことだ。

以上の考察からも恐らく明確に導き出されることは、《ヒメラ》にとっては如何なるスクールも、党派も、特定の方向性も存在しないということ、モダニズムもなければアカデミズムもなく、たとえなにがしかの独自色を持ってはいても、如何なる個人主義というものも存在しないということである。彼女の目に入るのは、そして彼女が基準とするのは、唯一、絶対的な高みをめざす、真正な、すぐれた藝術だけだ。

文学作品を掲載し、文学を論じるのはもちろんのこと、美術や音楽も含めて藝術を綜合的に論じ、美術作品を「掲載する」雑誌『ヒメラ』は、一九〇一年一月から一九〇七年一二月まで、ワルシャワで刊行された。全部で一〇巻、三〇冊である。

長谷見一雄は『ヒメラ』を「古雅、穏健、静謐にして、しかも不思議な若々しさをたたえた、ポーランド文学史上稀にみる豪奢な雑誌」として、主にそのレイアウト、活字、挿絵、飾りイニシャル、カットなど、テクスト以外の「応用藝術」に着目した文章を書いている。[33]長谷見は、雑誌のデザインで協力した「画家が文学者と同等の地位を認められ」「『ヒメラ』における文学と美術の幸福な結婚、あるいは快い緊張の例は枚挙に暇のないほど」とまで評価したが、事実、雑誌の目次には、イラストやデザインで協力した画家たちの名が――それが既存の作品の転載・借用であればそれも――細大漏らさず挙げられているのはミリアムの姿勢をよく物語っている。

図22は、一九〇一年三月刊『ヒメラ』第三号に（四九〇～五三一頁）、彼がゼノン・プシェスメッキと署名して書いた、当時としてはきわめて本格的なテクスト「日本の木版画」の冒頭部分である。役者絵の一部をみずから写して、頭文字Bを図案化したのは、比重として挿画の仕事が多かった、『ヒメラ』の常連、画家のスタニスワフ・デンビツキである。デンビツキは自分でも日本美術を蒐集していた。

図22 『ヒメラ』第三号

Drzeworyt japoński.

Dardzo niedawną, stosunkowo, jest znajomość sztuki japońskiej w Europie. Wprawdzie, w siedmnastym już wieku, holenderskie i portugalskie okręty przywoziły całe ładunki lak, tkanin, oraz porcelany hizeńskiej, które, budząc upodobanie do pewnych niesymetryczności, ruchliwości, niespodzianości, spowodowały nawet, niewątpliwie, po części upadek ciężkich, pompatycznych akademizmów Ludwika XIV i wytworzenie się lekkiego, żywego, wdzięcznego stylu Ludwika XV. Sądzono jednak ogólnie, że jest to już wszystko, co ten daleki, za barbarzyńców uważany naród dać może, i nie przeczuwano ani na chwilę, do jak wspaniałego rozwoju doszły w „państwie wschodzącego słońca“ (Dai Nippon) wszystkie sztuki gałęzie. Mylne pojęcia te mogły uledz sprostowaniu dopiero w połowie minionego stulecia.

これだけ見ると、文章が日本美術論だから装飾に浮世絵が使われたと思われるが、実はそうではなく、例えば図23は、一九〇一年第五号二八八頁で、ジョン・キーツの詩「ヒュペリオン」をヤン・カスプローヴィチが翻訳したものの冒頭だが、歌川廣重の錦絵「深川洲崎十万坪」の鳶だけが使われている（このイラストはたしか他の箇所でも使われていた）。

ヤシェンスキ

雑誌『ヒメラ』は、こうした体裁においても内容においても――もしかすると財政的にも――実はフェリクス・ヤシェンスキ（図24／ヴィチュウコフスキ画）（口絵）という人物の協力がなければ成り立たなかったのではないかと思う。ヤシェンスキは、一般には美術品コレクターというような言葉で片付けられることが多く、ポーランドでも文学者や画家に比べると格段に知名度が劣る。学校で教えられる文化史に現れないからだろうが、それはなぜかと言えば、位置づけ、分類が簡単ではないということかと思う。

図23 『ヒメラ』第五号

一九〇〇年、ヤシェンスキはフランス語で書いた最大の著書『Manggha――藝術、思索、世界をめぐる散策』をパリで（しばらくしてワルシャワでも）出版し、一九〇一年はワルシャワで大々的に展覧会活動を始めた転機の年となった。「転機」は、ヤシェンスキ個人、ポーランド文化双方にとっての意味でである。とくにこの年の二月、前年の暮れに落成したばかりの大きな公共美術館《ザヘンタ》で、ヤシェンスキが自分のコレクションから六〇〇点程度選んで開いたポーランド初の日本美術展は、重要な事件だった。この展覧会についてはは無理解や批判の多かった世評に落胆したヤシェンスキは、やがてクラクフに移住する。

これより先、ヤシェンスキは『ヒメラ』創刊号に「日本の木版画展」という短い文章を載せている（一七二〜一七四頁）。一九〇〇年一一月、クリヴルトの画廊であった、ポーランド初の浮世絵展についてのテクストである。クラクフ美術学校で学んだアレクサンデル・クリヴルトは、この世紀末のワルシャワでは、印象派を初め、内外のあらゆる新しい傾向を見せる藝術家を積極的に評価し、指示した唯一の画商だった。この時展示された浮世絵はフランス人サミュエル・ビングのコレクションから選んだもので、規模はさほど大きくなかったと思われるが、注目すべきは、浮世絵が、ムンク、クリンガー、リヴィエール、ルドン、モローらの版画と並んで展示日程にのぼっていたことである。つまり、フランスや英国のような第一次輸入国とは違って、ここでは浮世絵も――とりわけ勉強のために画廊を訪れるポーランドの作家たちにとって――現代美術の一部として機能していたことを意味する。

ヤシェンスキの文章は次のように終わっていた――

しかし〔この展覧会は〕Ａ・クリヴルト氏が立派な志と大いなる勇気の持主であることを証明した――我々はそう敬意を表すべきである。然り――我々のような野蛮人に、奇妙奇天烈な美学的観念しか持たぬ、と言うより、むしろ美学とはまったく無縁の野蛮人に、野蛮人が如何なる観念も持ち得ぬ品物を見せるのは、木版画、エッチング、リトグラフ等々、野蛮人に言わせれば藝術とは何の関りもなく誰も興味を持たぬ品物を見せるというのは――勇気以外の何ものでもないからだ。

ラテン語で audaces fortuna adjuvat〔運命は勇者に味方する〕と言うが、これをポーランド語では「ワルシャワは肩をすくめる」と言う。

文中に版画の技法が挙げられているのは、伝統的には油彩画に比べて圧倒的に評価の低かった版画の普及こそポーランドには必要だというヤシェンスキの信念が垣間見える箇所である。先に触れた廣重の「深川洲崎十万坪」もヤシェンスキ所有の版と思われるが、日本美術に限らず、ヨーロッパの美術も含め、彼は多くの所蔵品を雑誌に提供した。そうした「応用」とは別に、ミリアムとヤシェンスキは、《ヒメラ・サロン展覧会》と称して実際の展示・啓蒙活動を行った。以下は雑誌で告知された展覧会名である。

四月一日〜四月一五日　『アルブレヒト・デューラー版画・素描展』
四月一五日〜五月一日　『アンリ・リヴィエール版画展』
五月一日〜五月一五日　『ジョヴァンニ・バッティスタ・ピラネージ版画展』
五月一五日〜六月一日　『スタニスワフ・マスウォフスキ水彩画展』
六月一日〜六月一五日　『アラブ装飾藝術展』

六月以降の予定──

『風景画家としての廣重』（三〇〇点）
『フランス風景画──バルビゾン派』
『摺物絵──岳亭及び北斎一派』（六〇点）
『フランス・ポスター藝術』
『マックス・クリンガー』
『肖像画の歴史・その一齣』
『歌麿──美人画と風景画』（一〇〇点）
『ギュスターヴ・モロー』

『國芳――伝説物・戦物』（一五〇点）
『フランチスコ・ゴヤ』
『風景画家としての北斎』
『エッチング・リトグラフ・木版画』
『一八世紀末までのヨーロッパ細密画』
『春信・湖龍斎・春章・Josai〔?〕・光琳』

展覧会に出品されたものはほとんどがヤシェンスキの所蔵にかかるものであったし（一部で複製も用いた）、展覧会に先立って、ヤシェンスキはしばしば自分で解説的講演を行なった。こうした活動を、彼は一九〇一年七月ごろワルシャワを離れたのち、ルヴフ、クラクフで継続してゆく。

『ヒメラ』にはスタニスワフ・ヴィスピャンスキ、ユゼフ・メホフェル、ヤン・スタニスワフスキ、エドヴァルト・オクンといった《若きポーランド》を代表するポーランドの画家たちが協力したが、文学者もまた錚々たる詩人や作家が作品を発表した。ヤン・カスプローヴィチ、タデウシュ・ミチンスキ、ボレスワフ・レシミャン、レオポルト・スタッフ、スタニスワフ・プシビシェフスキ、ステファン・ジェロムスキ、ヴァツワフ・ベレント、ヴワディスワフ・スタニスワフ・レイモント、スタニスワフ・ヴィスピャンスキ、アドルフ・ディガシンスキ……こうした名前を並べるだけで《若きポーランド》の概観になるが、当時に身を置いて考えればこれら「現代」作家の他にも、ツィプリアン・カミル・ノルヴィットという過去の詩人にも格別の敬意を払って特集が組まれた。

＊＊＊

以上、《若きポーランド》のマニフェストやそれに類するテクストをいくつか訳して紹介した。ミリアムとプシビシェフスキの宣言は純粋な藝術論に近く、「若さ」は新しさやモダンという観念に結びついているが、グルスキの場合は、どちらかと言えば「若さ」が青年に結びつき、一八三〇年代の政治的主張を継承しているように見える。

これら三人の筆者のうち、間違いなく一番知られていないアルトゥル・グルスキには意図的にかなりの字数を費やしたが、プシビシェフスキやミリアムの活動についてはほとんど何も書かなかった。その不足を多少なりとも補ってくれるかもしれないと思い、また、彼らと親しくし、ともに同時代を生きた文人、タデウシュ・ジェレンスキの回想を読むことにはそれなりの意味があるだろうと考え、ジェレンスキが第二次大戦直前にした講演の全文を訳し、次の章――最終章で掲げることにした。講演の題を直訳すると、実は「《若きポーランド》の初め頃」に近いのだが、実際には一九〇一年の『婚礼』初演というクライマックスにいたるまでが語られているので、「円熟するまで」と意訳した。

英語のBoyを筆名にしたジェレンスキ（図25）は、医者と文筆家・翻訳家の二足のわらじを履いた才人で、第一次大戦前にも執筆はしていたが、その業績の多くは両大戦間期に分類される。ヴィスピャンスキの『婚礼』初演に立ち会った彼のヴィスピャンスキ論には、他にはない臨場感、説得力がある。ジェレンスキの軽妙洒脱な随筆も素晴らしいが、バルザックの『人間喜劇』のほぼすべてを含む、百冊以上にのぼる翻訳をした精力には感嘆するほかはない。

第二次世界大戦が始まると、ジェレンスキはソ連に占領されたルヴフに移り、ルヴフ大学フランス文学科の主任教授となった。しかし、二年後、他のポーランド人教授ら、その妻たちとともに、ナチス・ドイツにより銃殺処刑された。一九四一年七月四日のことである。

資料

《ボイ》タデウシュ・ジェレンスキの講演

《若きポーランド》が円熟するまで

一九三八年一一月八日　ポーランド文学アカデミー年次総会における講演

図25　《ボイ》タデウシュ・ジェレンスキ　1933年

どのような《若きポーランド》か？

《若きポーランド》という用語は——そもそも、ロマン主義、写実主義、象徴主義等々、文学思潮の旗印はどれもそうだが——お世辞にも正確とは言えない。その適用の実態はさまざまだ。まず第一に、特に「《若きポーランド》の〔młodopolski〕」という形容詞で使われる場合、これは、ある種の生活スタイル、ある種なげやりな個人主義、かなり怪しげで実際にはしばしば無きに等しい自分の内的経験を誇張して語る性癖のある人間を形容するために、俗に——半ば馬鹿にして——用いるもので、文学史とはほど遠い。ベレントは、いち早く同時代に、小説『朽ち木 *Próchno*』〔一九〇三年刊〕で、そんな袋小路の心理に陥った一人の破綻した俳優を巧みに描いているが、たとえばこの登場人物の心的状況などは、まさしく《若きポーランド》的だった。一方、ブジョゾフスキは、ほかでもない『若きポーランドの伝説 *Legenda Młodej Polski*』〔一九〇九年刊〕と題した評論で、また別の《若きポーランド》を創造し、果し合いの相手に仕立て上げた。通俗的には、かつてクラクフで発行されていた『生』、次いでワルシャワで出されるようになった『ヒメラ』というような雑誌に拠り集まっていた作家たちのグループを《若きポーランド》と呼ぶ。しかし、この概念を最大限広く解釈すれば、《若きポーランド》とは、前世紀から今世紀にかけての十数年間の時期に現れた作家たちの、わが国の文学のひとつの時代全体のことである。従ってこれはグループでも流派《エコル》でもなく、時代の総体を指す。同時代に活動し、互いに触れ合い、離合集散し、影響し合った——一言で言えば、共に生きた——しばしば互いに大きく異なる、さまざまな個性の群像を言う。こう定義すれば、《若きポーランド》《ムウォダ・ポルスカ》という名詞や「《若きポーランド》の《ムウォドポルスキ》」という形容詞が指すものから、皮肉をこめて歪曲し得る、もしくは狭め得る内容はこぼれ落ちるだろう。そうして初めて、私たちは——この言葉を口にすることで——わが国の文学、詩が経験してきた中でも、それが最も豊かに花開いた時代の一つに向かい合うことになる。

そう——詩だ。《若きポーランド》は、わけても詩の勝利であり、私たちの生活における詩の復権だった。この時代の生んだ多彩な才能によってだけではなく、偉大な先達たちの詩の中にこの時代が見出した新たな価値によっても、それは演出された。この時代は、ミツキエーヴィチに対する崇拝を深化させ、新たな領域にまで拡げ、スウォヴァツキについては、より真実に近い認識をもたらし、ノルヴィットを——ミリアムの功績により——発見した。

若い詩人たちは、むしろ詩にとっては不利な時節に登場した。一方で、彼らはもはやエピゴーネンになる外はないと、過去において既にこれ以上はないほど優れた仕方で表現されたものをただ反復する外はないと思われた。詩聖たちが去った後の時代、何百万という人間になり代わって——日常的に——苦悩することは難しく、時代はいよいよ日常的になっていった。ある種の表現は空疎に——若者たち自身がそう感じた——あるいはわざとらしく響いた。昔の合言葉《スローガン》が新しい響きとなって聞こえるようになるためには、おそらく、まずは違う言葉、違うトーン、違う苦痛、違う感動の詩が必要だった。言ってみれば、まずはテトマイエルの「愛の讃歌」や「涅槃《ニルヴァーナ》の讃歌」に夢中になり、カスプローヴィチとともに、物思いにふける悪魔《サタン》が見守る中、死の丘を這いずり回ることがあってこそ、その後、突如としてヴィスピャンスキが投げかけた「ポーランド、それこそ大事[34]」という単純な台詞が、あれほど雷鳴のように響いたのではないだろうか。

当時の世代がわが身を引き離す必要があったのは、〔ロマン派の〕墓前の弔い歌ばかりではなかった。《若きポーランド》に先行したのは、いわゆるポズィティヴィズムの時代だったが、ポズィティヴィストの目には、韻を踏んで詩を書くことなどは、下手をすると、頭のまともな人間がするに及ばぬお遊びと映った。彼らの機関誌、ワルシャワの『週刊展望Przeglad Tygodniowy』などは、何とゴムリツキに対してすら、あまりに自由過ぎると言って叱責した。それでも、やがて相手が態度を改めたと認めたのか、「この機を利用して、再びゴムリツキ氏に才能ある論理的な詩人という称号を進呈したい」という証書を発行したくらいである。なかでも、滑稽きわまる、時間と紙の無駄遣いだと言ってポズィティヴィズムによって指弾されたのが、恋愛詩だ。これも『週刊展望』だったが、ある号の「編集部からの回答」という欄で、「原則として恋愛詩は掲載しません」という文言を読んだことを、私は記憶している。それは、テトマイェルの恋愛抒情詩が、満水状態だった男女両性の恋愛詩の水門を開け放ち、全ポーランドの渇きを癒やし、亢奮させるにいたる直前のことだった。そして、若い世代のほとんど誰もが、自分の詩を――彼ら以前にはアスニクが不満を訴えたように――今では誰も詩を必要とせず、詩を読もうとしないという不平から始めた時、そして「《詩》に向かって」あなたは力を失った――つれない／人類はあなたを門前払いし／今やあなたには敵すらいない／いるのはただ冷たい無関心な人々だけ[35]」というテトマイェルの嘆きと同じ嘆きを、ミリアムも、カスプローヴィチも、はたまたランゲも公けにした時、まさにポーランド語の詩が、かつてのロマン派大詩人たちの時代でさえ持っていなかった統治力を有する時代が始まりつつあったことを、彼らは予感していなかった。というのも、ロマン派の時代、詩人たちは亡命先の地から、それもしばしば現在ではなく未来の読者に向かって、語りかけたのだった。詩にとって極めて重要な活動基地である劇場は閉鎖されていた。わが国の三詩聖、ミツキェーヴィチ、スウォヴァツキ、クラシンスキは、〔韻文の〕戯曲によってデビューしたが、当時はもちろん舞台上演などは夢に見ることすらできない状況だった。それが今になって、《若きポーランド》という時代がもたらした詩の上げ潮があって初めて、彼ら詩聖たちの作品が劇場へ勝利の凱旋を果たした。《若きポーランド》のクラクフ時代と軌を一にして、〔スウォヴァツキ作〕『コルディアン』が上演され〔一八九九年〕、ヴィスピャンスキがミツキェーヴィチの『祖霊祭』を舞台化し〔一九〇一年〕、〔クラシンスキ作〕『非 - 神曲』が最上の演劇として初演されたのだった〔一九〇二年〕。

クラクフ、クラクフ……

最も広い意味の《若きポーランド》は、文学の流派ではなく、どちらかと言えば運動だったということはすでに述べた。その運動にはさまざまな局面と様相があった。この講演の枠内でその全容をカヴァーすることはできないので、運動の初期に話を限定しなければならない。と同時に、今世紀初頭をふりかえると、たちまち私たちはクラクフの街中に立つことになるのも偶然の仕業ではない。当時のクラクフがポーランド全体に対して有していた例外的な意味合いを思い起こす必要がある。物質的、経済的にはいたって貧しい状態ながら、ロシア領、プロイセン領より有利な政治状況だったおかげで、この町は、どうにかこうにか少しずつ財を貯えながら、ポーランド語で講義のできる大学、翰林院《アカデミー》、美術、演劇を維持し、大学の同胞互助会[36]に参加する青年たちの生活は大いに活性化し、将来の政治家・学者W・L・ヤヴォルスキをはじめ、テトマイェルやノヴィツキといった詩人たちも、民主的に、やりたいことに励むことができた。それでなくともクラクフは、国外には行けない多くの優秀な人材の避難場所だった。また、温泉地や保養地に行って帰るルート上にあったこともあり、クラクフは、マテイコ、国民博物館、《ラツワヴィーツェのコシチューシュコ》[37]を見て英気を養う宿場として天下に知られた名所だった。また、ヴァヴェル、スカウカがあることで、町は大きな葬儀場となっていた。短い間隔でミツキェーヴィチ、レナルトーヴィチ、クラシェフスキがこの地に葬られた。そういう行事になると、士族の殿様はコントゥシュ、デリア、キタを着けて湾刀《カラベラ》を帯び、町人はチャマラ姿、射撃大会の勝者はぶあつい喪服、農民は純白のスクマーナを羽織って行列した。人々はまるで、かつてマテイコのためにモデルを務めた時と同様の――多少の違いはあるが――いでたちで、今度はうら若いヴィスピャンスキのためのモデルを志願するかのようだった。

そうした自由や特権があったにもかかわらず、このクラクフで育ちつつあった若い世代は、小さな町に特有の狭苦しさ、いわゆるスタンチク派[38]政治家たちの次第に老いゆく政治的知性、町に横溢する晴れがましい愛国心と祝祭的葬送行事の雰囲気に窒息しかけていた。若きテトマイェルが詩人として最初に収めた成功が、そうした葬送記念行事に際して催された、いわば墓前詩コンクールに応募して受賞した〔一八八八〜九年〕作品によるものだったということは象徴的だ。二篇がミツキェーヴィチ、一篇がクラシェフスキを弔うものだった。この後すぐ彼が、貪るように生を享受したいという強烈な欲求に駆られたのも無理はないが、文学コンクールで受賞した程度では到底それを満たせなかった。やがてヴィスピャンスキは戯曲『解放』の中、他でもないヴァヴェル城内で、《墓》に対する宣戦布告をすることになる。そうして詩人たちの一人一人が、自分なりの仕方でこの町の葬式文化との戦いをくりひろげ、それぞれの仕方で——詩人の言葉を借りれば——「自分の世代の」叫びを、一口の新鮮な空気をさがし求めた。これらさまざまな叫びが出会ってこそ、《若きポーランド》という、時には妙な音も出すオーケストラを創り上げてゆくのだった。

中でも若者を惹きつける二つの力があった。一方には、まだ地下に潜伏中の若い社会主義があり、他方には、あらゆる類いの自由と、思想や藝術がせめぎ合う反響によって誘惑する、しかし多くの若者の手には届かぬ、神話的な女神エウローペーがいた。どうすれば彼女のもとに辿り着けるのか？　ロマン主義者世代が、自ら望んだわけでもなくヨーロッパを放浪しながら、祖国への郷愁に生きることを余儀なくされたとすれば、《若きポーランド》の先駆者らが余儀なくさせられていたのは、自宅でじっとしながらヨーロッパに思いを寄せることだった。そのヨーロッパがクラクフに——フィルターを通して——入ってくる経路は二つあった。ひとつは劇場だった。劇場では、パヴリコフスキがほぼ毎週、侃々諤々《かんかんがくがく》議論に明け暮れる、昂奮したクラクフ市民に向かって、同時代の最も注目すべき人名のどれかを投げかけるうちに、結局、ヨーロッパで生まれた新しい思想や感覚の世界をまるごと紹介した。もう一ヶ所は、当時はまだ大学に昇格〔一九〇〇年〕していなかった美術学校である。マテイコの死後、学校には教授陣としてパリ帰りの綺羅星の如き若い巨匠たちが集まった。造形作家協会《シュトゥカ〔藝術〕》も結成され、わずか数年の間に、田舎町クラクフは造形藝術における欧州でも有数のセンターに変貌した。

それらの動きにくらべれば、詩の誕生は鈍《のろ》かった。それは文字通りの《誕生》だった。というわけで、感性がようやく目覚める時期の幼稚な無垢さから思春期の「世界苦〔Welt-schmerz〕」へ、そして遂には壮年期にいたるまでの様子を、順を追って観察することにしよう。

「**転載並ビニ要約ヲ禁ズ**」

まず最初に或る人名を挙げるが、これを訝しく思う人がいてもおかしくはない。だが、こうして歳月をおいて眺めてみると、《若きポーランド》の春告げ鳥は、当時も今もあまり知られていない一人の詩人だったのは事実で、その名がヴァッワフ・ロリチュ＝リーデルである。早すぎたのかもしれないが、彼がいちばん早く現れた。それも一人で、いかにも若者らしい、鼻につくようなしかめっ面をさげて現れたのである。人は彼のデビュー作を笑った（バルトシェーヴィチの意地悪な評論を私は憶えている。リーデルは事実上あれで抹殺されたのだ)。批評されて嫌気がさし、公衆の無関心に嫌気がさし、リーデルは身を退いた。「私の最初の本は——と、リーデルは二冊目の詩集の序文で少々無邪気に書いている——とんでもなく少ない部数で、あっという間になくなった。まっとうな読者が恥ずかしさの余り赤面しなくてもいいよう、私はここでその数は明かさない」。それ以来、彼は自分の詩をわずか十数部の私家版で出したので、今ではそれらは正真正銘、至極の稀覯本なのだが、そこには「転載並ビニ要約ヲ禁ズ」という警告が印刷されている。リーデルは短気だった。そして、まちがいなく彼が有していた独自の才能がまさに開花しようという時、彼は表舞台から姿を消したので、《若きポーランド》の運動史に彼の名はない。それでも一時、彼が時流に合わせようと試みたことがあり、一九〇六年、『不羈の歌』という詩集を出した。そのうちの一篇に、残念ながら出来はよくないが、こんなルフランがある——

休みない嵐、対立する弾丸の中
我がエオリアン・ハープは奏でる——
我は神々の子、人々の心の王、
《若きポーランド》の詩人[39]

だが、当時すでに神々の子ら、心の王らの席は埋まっていて、詩人のこうした言葉は純然たるわれぼめに過ぎなかった。《若きポーランド》はリーデルについて何ひとつ知らなかった。聞くところによると、今ではほとんどが一般読者の知ることのない彼の詩を選んで一冊の本に編む計画があるという。[40] まことに慶賀の至りであり、これでようやくポーランド文学史もリーデルの詩と伝説に対する正しい評価を下すことができるというものだ。

トリプル・デビュー

出鼻をくじかれたリーデルが自分の詩集を流通から回収し始めた一八九一年、奇しくも同じ判型、同じ鼠色の装幀に同じく『詩集 *Poezje*』と題した、それぞれ異なる三冊の本がクラクフで出版されたのは、何というめぐりあわせだろうか。当時の詩人たちは大体において自作の詩を、活字をぎちぎちに詰めた、お世辞にも美しいとは言えない、しかし経済的な印刷で出版し、題名は味も素っ気もない実用的な『詩集』で済ませていた。二冊目は『第二詩集』だ。テトマイエルもその調子で、改題の必要を感ずることもなく、第七詩集まで出した〔実際は一九二四年刊の第八詩集まで【原注】〕。これら三冊の詩集は、並べて比較されたこともあって、幸い初めから注目を浴びた。著者は、アンジェイ・ニェモイェフスキ、フランチシェク・ノヴィツキ、そしてすでに墓前詩コンクール受賞作で名は知られていたが、『アンヘッリ』風の長詩でヤヴォルスキに献じられた『イルラ *Illa*』ではあまり知られていなかったカジミェシュ・テトマイエルの三人である。三冊の詩集はどれにも社会的、戦闘的な語調が感じ取れたが、一様ではなかった。それがいちばん強かったのはニェモイェフスキの作品で、とりわけ炭田地帯の青年社会主義運動に近かった彼は、民衆の惨状に寄り添い、民衆の気持ちを代弁する士族民主主義者として、マズルカ風リズムで表現した。社会主義者であると疑われて大学から放校されたノヴィツキは、社会悪の立証と、タトリ山脈に対する愛の間で身を裂かれていた。若い頃のテトマイェルは、墓前詩に代表される伝統的愛国主義や革命的、社会的姿勢（「夢の中で僕は見た――蒼ざめた顔で／飢餓の炎に焙られた彼らを」あるいは「そして彼は手をだらりと下げた／するとハンマーがその手のひらから落ちた」など）と、新たなポーランド人ハムレットの苦々しい自省との間を行ったり来たりしていた。そして正にこの後者の懐疑、絶望の噴出、人生と現在のさまざまな悩ましい問題からの逃走という姿勢、そしてある種大見得を切るような、挑発的とさえ言える新鮮味に対する明らかな時代の求めに応じた姿勢によって、テトマイェルは世代を代表する詩人となった。しかしテトマイェルもノヴィツキも、もっとも純粋な感動を見出した場所は、愛すべき救世主、タトリの山々だった。

タトリ時代と悪魔時代

タトリの山々、そして都会人向けのその出店である町、ザコパネは、ポーランド詩の歴史においてあまりにも重要な役割を演じてきたので、ここでも二言三言説明しないわけにはいかない。ゴシュチンスキによって讃美され、ハウビンスキによって発見され、ヴィトキェーヴィチと彼が書いた楽しい小説『峠にて』によって身近なものになり、アスニクの非の打ちどころない詩句に刻まれたタトリは、《若きポーランド》時代になって初めて十全な詩的生産性を獲得することになる。それは、学校の教室で息を詰まらせていた若者世代が飛び出して、タトリに出かけ、山の空気に酔いしれた時代である。ましてやポトハレ地方に生まれ、失われた幼年期の楽園を山が象徴したテトマイェルにしてみれば、タトリは、心を休め、癒やす場所であり、人間や世界から逃れて向かう先であり、ここだからこそ、その最も美しい旋律と、花崗岩の峰々にも似た連作『ポトハレの岩山で』を発見し得たのだった。もっとも、この世代の詩人で登山もせず、タトリを歌うソネットを一篇も書かなかった者はいないだろう。タトリは、詩の一大動物園だった。《若きポーランド》のこの時期がタトリ期だったとすれば、やがて到来するのは悪魔期である。

ザコパネの町が果たした役割については、例えばヴィトキェーヴィチと彼の友人集団がここに定住し、シェンキェーヴィチ、パヴリコフスキ夫妻、ポトカンスキらが一年のうち数ヶ月を過ごしたことを想い起こす必要がある。大詩人の孫で、大貴族の世襲相続人でもあった、若きクラシンスキはザコパネで肺の治療をしていたが、やがてテトマイェルと組み、他にも二、三の参加者を得て、ハイデルベルクでデカダン主義者の詩のパロディ集『エレオノーラ』と『地の呻き *Jęk ziemi*』を——遊び半分——余興でものした。『地の呻き』の中の実にあった痛快な一篇「錆びたウカシュの歌」を私は記憶しているが、作者は後のヴァチカン駐在ポーランド大使、ヴァツワフ・スクシンスキで、彼もまた毎年ザコパネを訪れる常客だった。私が憶えているのは連が終わるたびに繰り返されたルフランの断片だけだ──「女中が包丁を研ぐ──包丁研ぎ研ぎ歌うは──錆びたウカシュの歌」。この時代には、ポーランド中から人がザコパネに集まり、ザコパネは知的なセンターともなった。そしてここで讃歌を捧げ、言い寄り、時として妻に迎えることになるお嬢さんを見つけた詩人も少なくなかった。「**Und das hat mit ihren Singen die Loreley gethan**〔そしてそれはローレライがその歌声で為したこと〕──とハイネは言ったが、タトリのそれはテトマイェルのムーサの仕業だった。

愛の二重唱

と言うのも、テトマイェルは、ほどなくしてポーランド中の目が向けられる対象となったからである。一八九四年刊行の『第二詩集』は、比較するには種類が違い過ぎるとはいえ、シェンキェーヴィチの『三部作《トリロギア》』の成功に匹敵するほどの成功を詩人にもたらした。彼の詩、プレリュード、瞑想、恋の囁きと叫びは、すべてのポーランド人の口の端に上った。女性たちは、テトマイェルの裡に、それまで見たことも聞いたこともないような、自分を讃美してくれる者、自分の心を打ち明けられる者を見出し、青年たちはこれら「世紀児の告白」の中に、誘惑者の服を着せた自らの無原則主義、過渡期のメランコリー、そして貧しい若者の官能に火照った恋を見た。しかし、かつてポーランド語の詩ではお目にかかることのなかった——強いて言えばミツキェーヴィチの恋のソネットぐらいか——テトマイェル流のエロティシズムの力だけが、彼の成功の理由ではなかった。それ以前の例えばアスニクの「パーケリン地のワンピースを着た娘たち」や、コノプニツカの「あなたを愛している、つまり、おお、自由な霊よ……」と比べれば、「抱擁されて気を失う時の女が好きだ」や「静寂 *Zacisza*」など、数え上げればきりがないほどあるテトマイェルの恋愛詩は、読者に強烈な衝撃を与えた。しかしポーランド語にとってはそれに勝るとも劣らない啓示となったのが、高地方言で書かれた「ハヌーシャの手紙 *List Hanusi*」や微風にまかせて漂うような「夜霧のメロディ *Melodie mgieł nocnych*」で、ここにある言葉の柔らかさ、音楽性と同時に詩のもつ親密な感じは、人々にとって、詩を身近なものにし、日常生活に必要とさえ言える何ものかに変えた。この時代のポーランド人はテトマイェルの詩をそらで口ずさむことができた。朗誦が上手で、若人に気に入られるのも満更じゃなかったシェンキェーヴィチなどは、何とブロフ家の大きな夜会でテトマイェルの詩を朗読した——それはまさに詩人（=テトマイェル）の聖別式とも言うべき出来事だった。

テトマイェルの恋愛詩はまた別の現象をまき起こした——女性たちを大胆にしたのである。従来はほとんど女人禁制状態だったわが国のこの分野の詩が、モノローグからダイアローグに変わったのだ。テトマイェルの呼び声に応えるように女性詩人が書きはじめた。中でも惜しまれて夭折したカジミェラ・ザヴィストフスカがいるが、他にも何人か才能ある女性詩人が続いた。そうは言っても、この時代の女性の詩が単に恋のオノマトペアに限定されていたわけではなく、このコンプレックスの解消は、女性たちの勢いや創作の自由の全般にわたってプラスに働いたのである。ザヴィストフスカのほかにも、マリア・コモルニツカ、ブロニスワヴァ・オストロフスカ、マリラ・ヴォルスカといった令名が頭に浮かぶ。同時に、女性がうんざりするほどみずからの「美貌」を語り、やがて「わが肉体という至高の贈り物」を、相手に侮蔑とともに放り出すと予告するような恋愛詩も増えた。私が思い出すだけでも、「私の魂には近寄るな——ただ肉を取るがいい、お前たち皆」という言葉で終わる物騒な詩もあった。こうした脅迫で終わるものが少なくなかったのも事実である。

クラクフで同時にデビューした三人の詩人のその後はさまざまだった。ノヴィツキは最初の詩集のあと沈黙した。ギムナジウムの教師として哲学をしながらわが道を行き、夏になるとタトリの山中にわけ入って姿をくらましたが、書かなかった。書かないことでむしろ批評家の評価は高まり、タトリを主題にした彼の連作ソネットなどは、ミツキェーヴィチの『クリミア・ソネット』と比較されさえした。ニェモイェフスキはほどなく散文に転向し、最終的には評論活動にその旺盛な才能を遺憾なく発揮し、週刊誌『ミシル・ニェポドレグワ』数百号のほとんど全部を自分の文章で満たした。テトマイェルが、すでに詩人として名を成していた頃、この時点でルヴフに移り住んでいたカスプローヴィチはと言えば、まだ世間に知られずにいた。彼が満を持して登場するのはもう少し後のことだ。〔レオポルト・〕スタッフについては触れない。当時はまだ子供だったからである。

というわけで、この時代の若き詩を特徴づけた要素は、もはや農民ではなく労働者の感覚でとらえる、時代の社会的問題に対する関心、テトマイェルにしょっちゅう現れた表現を借りれば「メランコリー、憧憬、悲しみ、嫌悪」――そして女性である。やがて第二詩集と第三詩集のあいだにイタリアの地を知ったテトマイェルのレパートリーに、イタリアの空と太陽が加わり、地上にはヴィーナス、レダ、円盤投げが現れる。その結果、官能に熱せられた大理石の古典的女神たちの名前が、依然として立ち去ることのないニルヴァーナ、タトリの急坂《ペルチ》、岩溝《ジュレプ》、ガレ場《ピャルク》などの単語と並んで、以後の長い間、二流三流詩人たちの辞書を占めることになった。とわざわざここで記すのも、「《若きポーランド》的」という形容詞が一般的にネガティヴな意味合いで用いられるようになった原因は、こうした決まりきったイメージを単調に繰り返す、二番煎じの作品があまりにも多く生産されたことにあると思われるからだ。

スウォヴァツキからランボーへ

この若いポーランド詩が誕生にいたった過程には、《大自然》と《生》と並んで、文学的授精もあったことは疑いない。交配は同種もあれば異種もあった。まず何よりも、この時代はスウォヴァツキの全盛期だった。長年クラクフ大学教授を務めたタルノフスキは、（フレドロについての）ワルシャワでの名高い講演の中で、本邦の詩人を数え上げ、教授いわく「ミツキェーヴィチとクラシンスキのように偉大な天才がその名の不滅を約束した」者たちのほかに、一段下の詩人として「見劣りはするものの、やはり聖なる詩の炎を輝かせつづける、スウォヴァツキや〔アントニ・〕マルチェフスキ」を挙げた。しかし《若きポーランド》の時代になって、この不公平な成績表は見直され、スウォヴァツキ崇拝が広まった。その見事な画竜点睛を成し遂げたのがピウスツキであり、これまでこの詩人には執拗に門を閉ざしていたヴァヴェル大聖堂に、彼を埋葬するよう命じた。そして長期間にわたって続いた論争に終止符を打ったのだった〔一九二七年〕。

実は《若きポーランド》が心酔したスウォヴァツキと、前の世代が知っていたスウォヴァツキは、同じではなかった。と言うのも、一部が刊行されていた遺作は、碩学マウェツキが評価しなかったので、一般にはほとんど知られていなかったのだ。その後、よりよく知られるようになって初めて、スウォヴァツキもミツキェーヴィチも、二人の詩聖が仲良く崇拝されるようになったのだった。

この点において実はリーデルが、スウォヴァツキ崇拝のきっかけも作っていたが、それも彼一流のやや子供っぽい攻撃性を伴って現れていた。一八八九年、パリにあるスウォヴァツキの墓を巡礼よろしく詣でた時のこと、彼は詩人の柩に向かってこう呼びかけた――「なかなかポーランド人巡礼者があなたを礼拝しに来ないのは——ミツキェーヴィチの嫉妬が妨げになっているからです」。

というわけで、まずはスウォヴァツキの出番だった。ノルヴィットが『ヒメラ』に登場したのはもっと後のこと。だが他にも、異種交配に似た授精があった。バイロンは、エドヴァルト・ポレンボーヴィチが翻訳した『ドン・ジュアン』を通じて大きな刺戟を与えたので、自伝的、諷刺的な長詩を八行詩で書くことから始めぬ青年は見あたらないほどだった。先に触れたテトマイェルの「ハヌーシャの手紙」にしても、後に彼が自分で破棄することになる『パン・イェジー *Pan Jerzy*』と題した、そんな若書きの長詩の一部だった。しかしもっとも勢いのある潮流はフランスから来た。原典に直接接した者もいれば、ゼノン・プシェスメツキ＝ミリアムやアントニ・ランゲといった、仏文学の倦むことを知らぬ紹介者らがなかだちする影響を受けた者もいた。

当時の詩の運動にミリアムが及ぼした影響は甚大なものだった。それをよく示す事実としては、一八九四年のテトマイェル『第二詩集』とほぼ同時に出たミリアム自身の詩集『青春の盃 *Z czary młodości*』よりも、むしろ、その頃はまだ知られていないかもしくは馬鹿にされていたメーテルリンクの戯曲選集を彼が出版したことと、そこに彼が書いた序文とがより重要だった。ミリアムは次々とフランス詩人の翻訳をしてゆくが、中でも、十七歳のランボーが書いた天才的な作品、『酔いどれ船』のみごとな翻訳は衝撃だった。「以来ぼくは、星々に満たされて音楽のように歌う海の偉大な詩に浸り、物思いに耽る溺死者が混沌の中時々よぎる、深く青い淵を貪り飲んだ。ぼくは夢見た、眩い雪の中の緑の夜を、海の眼の上にゆっくりと覆い被さる接吻を、黄色く青く歌うような燐光の目覚めを、そして周囲を液汁が巡る驚くべき追走を」……こんな詩行を二五連も読んだ当時の穏健な市民は、きっと自問自答したに違いない――果してわが国の将来の文化藝術大臣〔ミリアムのこと〕はこれを嘲笑しないだろうか、と。「酔いどれ船」は、ズィグムント・サルネツキの厚意で、ミリアムがその詩的宣教活動のための避難所を与えられた、クラクフで隔週発行されていた絵入り週刊誌『世界』に掲載された。そして若い詩人たちはこれを熱狂的に歓迎し、「あの《酔いどれ船》」をのべつまくなし大声で繰り返した。それまでの合理的な思考とイメジャリーの秩序とは違うものを表現の源泉とする、このまったく新しい詩の血脈は、さらに後《のち》の時代にも伝えられることになる。

ミリアムと並んで、優れた翻訳家でもあった詩人に、パリに住むアントニ・ランゲがいた。彼はロレントーヴィチの社会主義的月刊誌『ポブトカ〔起床ラッパ〕』に寄稿した。ランゲは、傑出した創作のほかに、詩の翻訳も精力的にこなした。もしも彼が翻訳した作品の題名を挙げはじめたら、夜中までこの会が延びることになろう。同じことはポレンボーヴィチ、ヤン・カスプローヴィチ、ミリアムについても言える。また少し遅れて、なかんずくフランス詩を巧みな翻訳で紹介した者として、レオポルト・スタッフ、ザヴィストフスカ、コラプ＝

ブジョゾフスキ、オストロフスカなどがいた。この時代、他国の詩を吸収しようとする努力は大変なものだった。そうした中、これ以上はないと言えるほどに難しい頭の体操を強いられ、無理にでもペンに従わせられたのはポーランド語そのものだった。

しかし翻訳を通して若い世代に影響を与えたのは、フランスの新しい詩だけではなかった。今頃になってようやく然るべき評価を与えられた昔の詩人たちの作物もまた、新しい影響の一翼を担ったのである。ミツキェーヴィチの場合は「ああ、もしもあなたがゲーテを原文で知っているのなら……」[41]と、グスタフが司祭に向かって言うが、この頃は少なからぬ若い詩人が「ああ、もしもあなたがボードレールを原文で知っているのなら……」と叫んだとしても不思議はない。ボードレールは、ポーランドで一番よく訳された詩人だが、そうした翻訳とは別に、『悪の華』は原文で読んだものだった。ヴェルレーヌ、エレディアもよく読まれた。これらの詩人からどんなモチーフが拝借されて入ってきたか、追跡しようと思えばできるだろう。ボードレールなら、さしずめポーランド人に対して、あらゆる「信天翁《アルバトロス》」とその同工異曲を返還するよう請求してもいいはずだ。生涯の収穫がわずか百篇ほどのソネットに過ぎないエレディアについて一言すれば、《若きポーランド》時代のすさまじいソネット熱は、あるいはエレディアこそがそれをもたらした張本人だったかもしれなかった。もちろんわが国にもちゃんとしたソネットの伝統はあったにも拘らずである。詩人たちはこぞってソネットを書き、ソネットを連ねて長詩を書き、ソネットについてのソネットを書いた。グスタフ・ダニウォフスキにいたっては、ソネットなど我慢ならぬと言いたくて、ソネットを書いたのだから始末に悪い。

「**爬虫類、蝸牛《かたつむり》、蟇蛙《ひきがえる》……**」

そうした国内の潮流、外国からポーランドに向かって入ってきた潮流のすべてが合流した場所が、一八九七年、クラクフで若い詩人ルドヴィク・シュチェパンスキによって創刊された週刊誌『生』だった。

その草創期、シュチェパンスキの『生』はどちらかと言えば折衷的な性格の雑誌だった。年寄りもいれば若者もいる、藝術、学術、社会生活……と色々な分野をカヴァーしていた。第一号巻頭をマリア・コノプニツカが飾ったかと思えば、ミリアムが純粋藝術論をぶち上げ、ダシンスカ＝ゴリンスカの経済問題を論ずる論文もあった。オホローヴィチは霊媒現象について書き、ザポルスカは小説『反セム主義者』を掲載し、セヴェルが「ヴィクタのロマンス」を語り、そこにマラルメ、ヴェルレーヌ、ユイスマンス、ワイルド等々が並ぶ――それらすべての背景にヴィスピャンスキの素晴らしい挿絵が使われていた。とはいえ、彼も、この最初の『生』では、まだとんでもない藝術的カオスの中に沈んでいた。雑誌のスパイスとなっていたのはうら若いノヴァチンスキの初仕事だった、毒の効いた諷刺欄「エコー」だ。詩の分野ではテトマイェル以外にはジュワフスキ、オルカン、そして誰より目を惹いたのは、悲劇的な孤独者という新しい姿で現れたカスプローヴィチだった。彼はよもやその口から出て来るとは誰も予期しなかったような詩――「かつては諸君が僕の崇拝する偶像だった、おお、大衆よ！」で驚かせた。

雑誌のこうした折衷主義を通して、何かしら新しいことが起きている、何かしら新しい中心が生まれようとしているということが、明らかに感じ取れた。『生』が巻き起こした批判的反応、憤激を見てもそれは察せられた。それらの悲憤慷慨には、ポーランドならではの背景があった。民族の悲運、国の経済的敗北、未来に対する憂慮などのせいで、多くの理知的な人々が、藝術や詩については狭隘な観念をいだくようになっていた。一八九四年の段階になっても、『数字で見るガリツィアの貧困』の著者で熱烈な愛国者、シュチェパノフスキはこう書いていた――「藝術としての文学などに私は興味がない。そんな贅沢を大事にして発達させることのできる幸せな民族もあるだろう。だが我々は、自らの生命、民族の生存を闘い取ろうとする我々は、どんな現象に際しても、問わねばならない、今起こりつつあることが果して我々の力を強くするのか、この闘争において我々の助けとなるのか、と。従って私にとっての文学も、民族精神を鼓舞し、新たな士気を注入してくれるものである限りにおいてのみ意味がある」云々。

これだけ厳しい綱領を前にすれば、かのミツキェーヴィチですら、果して自分は『クリミア・ソネット』など書いていいのかと躊躇するだろうし、スウォヴァツキは『スイスにて』

や『ペストに罹りし者たちの父』の原稿を燃やしたかもしれない！　だが故人や「古典」となった詩人であればすべて許された。それどころか、故人の名は、生者たちの頭を叩くために借りるにうってつけだった。ということで、今や私たちは一八九八年の二月にさしかかったが、この時、シュチェパノフスキは何と言ったか――陽光燦燦たる世界から（つまり、古代ギリシア・ローマの詩の世界及びミツキェーヴィチ、スウォヴァツキの世界から）「今日の自然主義者、頽廃主義者、および印象主義者の世界に降り立ってみると、何やら突然、爬虫類やら、蝸牛やら、蟇蛙やらに囲まれてしまったような気がする」[42]……

　シュチェパノフスキの言う爬虫類や蟇蛙に、例えば自然主義者のレイモント、デカダンのカスプローヴィチやオルカン、印象派の〔画家〕ヴィチュウコフスキが含まれることになると思えば、どれほど高貴な感情を持ったどれほど善良な人間でも、彼らによってどんな迷路に誘い込まれることか、と考え込まざるを得なかっただろう。

　さらに強烈なパンチを浴びたのは外国人の神々である。実はシュチェパノフスキの矛先はむしろ主としてこっちに、ヨーロッパに向けられていたのだ。彼はこの時の論文をいみじくも『ヨーロッパの潮流の消毒』と題していた。彼の「消毒」作業は極めてエネルギッシュで、ゾラもフロベールも、メーテルリンクもイプセンも一緒くたに、つまり当時の欧州でも最高の作家たち全員を十把一絡げにして――シュチェパノフスキの言葉をそのまま使えば――「糞《グアノ》」呼ばわりした。最後にシュチェパノフスキが放った言葉は――「ギリシア人がペルシア人を打ち負かした時、美など求めてはいなかった」である。そんなギリシア人を連れてきて貰いたいものだ。

しかし彼の声にはマリアン・ズヂェホフスキ教授も唱和し、若い世代からはまったく才能が現れない、若者たちは祖国の福祉、英雄精神の徳をないがしろにして、放縦な官能性に溺れていると難じた。[43]

するとたちまち反論が提出された。その種類や格はさまざまだった。テトマイェルは「鼈《べっ》甲《こう》」という筆名で棘のある詩を公表して、シュチェパノフスキに一矢を報いたが、その嘲笑的な新サルマティズムをここで引用すれば、この会の品位をけがすことになるのでやめる。『生』の若き編集長、シュチェパンスキも記事を書いて論駁した。

韻を踏んで決闘する

そのシュチェパンスキ、実は二、三年前——正確には一八九五年、若き藝術を擁護せんと、韻文による決闘に挑んでいた。それもそんじょそこらの詩人ではない、大御所アスニクを相手にである。ひとり取り残されたことに少々苦い思いをしていたアスニクは、画家のヤツェク・マルチェフスキに献じた詩「現代絵画のための素描」で、新世代を優雅なシュバリス人たちが集うエキゾチックな庭園として描き、ひもじい貧民の口を借りて新藝術に宛ててこんな言葉を投げつけた——「われらの子らが湿った闇の中で窒息しかけながらミルクと空気を求める時、われらの姉や妹が日雇い労働のパンでは生きてゆけぬという時、われらに諸君の藝術など要らぬ」〔一八九五年三月一〇日『ノーヴァ・レフォルマ』〕。

老いた巨匠のそんなデマゴギーに対して、シュチェパンスキは敢えてアスニクの詩と同じ題の詩「現代絵画のための素描」を書き、当時貧困ゆえに他界した〔一八九五年一月五日〕ばかりだった画家「ヴワディスワフ・ポトコヴィンスキの霊に」捧げ、反駁した。この詩の中では、ある金持ちが、自分を楽しませてくれる道化師には金に糸目をつけず褒美を与える一方で、真実の藝術を崇拝する者たちに対しては、蔑んで「われらに他の藝術は要らん」と応える。その後、アスニクの語句を皮肉りながら、次のような言葉を、飽食した無関心な者たちの口を借りて言わせ、新藝術を擁護する――「すべての暗い、近寄り難い妄想から、われらはわが身を護ろう、邪気から身を護るように。お前たちは包み隠さぬ真実を知りたいと言う、いいか、夢想家どもよ、われらにお前たちの藝術など要らぬ。だが騎士たち、詩人たち、巡礼者たちは、群衆の燥《はしゃ》ぐ市場を遠く避けて物思いに沈む――その頭上の闇には、雪の白さに輝く神像が仄見え」。

ここでこのエピソードを紹介するのも、それがほとんど知られていないからだ。アスニクとシュチェパンスキの詩によるこの決闘は何の反響も呼ばなかったが、それはそれが行われた状況がきわめて特殊だったことによる。と言うのも、アスニクが自分の詩を発表したのはクラクフだったが、ウィーンに住んでいたシュチェパンスキは、アスニクの詩に反論するために、自分の詩をペテルブルクの『クライKraj』に送らなければならなかったからだ。彼がしばらくしてクラクフで週刊誌『生』の発行を始めるのも、この時の不便が契機だった可能性もある。そんなこともあり、他にも多くのことが重なり、ポーランドが独立を失って以来初めて——ほかならぬこの小さな町クラクフで——藝術的空気が醸成されたのだった。それまでは——たとえばショパンからパデレフスキにいたるまでの音楽家や画家の大部分のケースに見るように、わが国の最良の才能が、強制的にせよ自発的にせよ国外で生活するという時代が何十年にもわたって続いていた——このように、藝術家たちが大勢集まるということは不可能だった。当時のクラクフでは、さまざまな要因が幸いして、演劇、造形、文学、政治思想といった分野が同時に活性化し、同じ場所で多くの非凡な人々が出会うということが起こっていた。その状況では、優れた個性たちが足し算ではなく掛け算の原理で増えていった。そして、思いもかけぬ組み合わせも生まれた。真の藝術は——ゲーテが言ったように——その表われの最良の部分において、偶然の状況が生むものなのだ。もしヴィスピャンスキの戯曲『婚礼』が、詩人リデルの大披露宴から——マテイコの光を浴びて——誕生したものだとすれば、リデルの大披露宴自体は、ヴウォジミェシュ・テトマイェルの結婚の反響だった。その結婚は、もとはと言えば、画家をアトリエから郊外の農村に連れ出し外光で描かせる、新しい「戸外制作《プレネール》」の潮流の帰結でもあったし、戯曲『解放』は、ヴィスピャンスキと劇場の共同制作から、『祖霊祭』を演出する際に彼が舞台裏を経験したことから生まれたものだった。さらにまた、コタルビンスキが『祖霊祭』を上演しようと発想するにいたるまで、ヴィスピャンスキとは関わりのないどれだけの数の要因が働いたことか！

世紀児の告白

しかし雑誌『生』の周辺で繰り広げられた論争に話を戻そう。旧世代の批判に対する反論の司令官役を買って出たのがアルトゥル・グルスキだった。彼がカジモド〔Quasimodo〕という筆名で書いた一連の評論に冠した総題《若きポーランド》こそ、この言葉が初めて使われた例だった。若い世代は生活から、活動から逃避しているという非難に対して、彼はこう応じた——「たしかに、文学はわれわれが仕える主人であり、われらを護り、われらを慰めてくれる存在であり、罪深きわれわれが願望と悲哀の淵からその名を呼ぶ御方だ」。だがグルスキはすぐに批判の矛先を相手に向け、攻撃に移る——「われわれに英雄的行動は取れるのかと、あなた方が問う？　いったい誰がそれを問うのか？　われわれがまだ学校の生徒だった時、われわれのあらゆる愛国的行動の芽を摘発したあなた方、権力を手中に、ポーランド人の検察官、ポーランド人の裁判官を遣い、あらゆる反抗的行動を指弾することで、若者の将来を挫き、若者の性格を歪めてきたあなた方がそれを言うのか。むしろ自身の胸に手を置き、省みたまえ。われわれの心は穢れている、そこには欺瞞が、党派的高圧が、偽善が、内輪優先の利己的・封建的・ルヴフ的・ウィーン的政治性が巣食っていると、言ってみたまえ。

われわれには偉大な理想、偉大な自己犠牲が欠けていると。われわれは偉大で英雄的な詩にふさわしくない、われわれにはそれに値しないと……」。

この非常に特徴的な論争全体が、実は世代間によくある誤解の産物だった。そもそも新しい藝術に対するシュチェパノフスキによる攻撃の直接的な原因となったのは、ダンヌンツィオについてのとある熱狂的な評論だった。もしもシュチェパノフスキが長生きして、この「デカダン、官能主義者」ダンヌンツィオが、その後祖国イタリアでどんな役割を果たすことになったか見たら、さぞ驚くことだろう。一方、デカダンと名指された、後の『モンサルヴァート』の著者、グルスキは、連載評論《若きポーランド》を次のような讃歌でしめくくった――「ミツキェーヴィチの精神、それこそがわれわれを導く精神、われわれの聖者、春、憧憬だ。彼がわれらとともにある限り、われわれは何物にも惑わされることがないだろう……」。

一言で言えば、両者ともミツキェーヴィチを守護神として奉じていたにも拘らず、まったく話が通じていなかったのだ。このこと自体はいたってよくある現象なのだが、もしもこの世で相互理解の地点を見つけることのできる人間二人を選べと言われたら、まさにこのシュチェパノフスキとグルスキを指名するほかなかっただけに、この行き違いは何とも驚くべきだとしか言いようがない。

グルスキの文章には、時代の雰囲気をよく表す、次のような一文があるので引用する。彼は前世代の代表者に向かってこう言う――「すべてを手にしたあなた方は、いったい何を成し遂げた、誰を選んだ？　シェンキェーヴィチ？――思い違いしてはいけない。われわれもみな彼を愛し、崇拝もする。だが世界文学にとってより重きをなすのは、シェンキェーヴィチではなく、たとえばプシビシェフスキなのだ」。

新参者《プシビシュ》[44]**の握る情報**

というわけで名前が出たが、間もなく本人も姿を見せようとしていた。一八九八年秋、スタニスワフ・プシビシェフスキがポーランドに到着し、論争の喧しさとは裏腹に運営が行き詰まりつつあった雑誌『生』の編集長に就任した。すでに「若きドイツ」で名声を得ていたプシビシェフスキは、ベルリンを後にし、スカンディナヴィア、スペイン、パリ、そしてプラハを経てやって来たのだった。

プシビシェフスキの到着という、この時代を画した挿話を思い出すたび、そのあまりのユニークさにあらためて驚嘆することがひとつある。それは、まったく知らないも同然の国に、一度も足を踏み入れたことのないと言って過言ではない国に到着して、その翌日、雑誌の編集を引き受ける人間がいたという事実だ。なぜならプシビシェフスキは、〔プロイセン領〕ポズナン地方の二、三の農村と、トルン市のギムナジウムを除けば、一度もポーランドに来たことがなく、ポーランドについての彼の知識は、お伽話の域を出なかったからだ。そのことは回想録でみずから告白している。かつてベルリンのポーランド語新聞『労働者新聞』編集者だったにしてはあまりに無知だったプシビシェフスキは、ポズナン地方と同様、ガリツィアでもドイツ人がポーランド人を虐げていると思いこみ、クラクフ宛ての手紙をポーランド語で書けば没収されて着かないと思っていたと打ち明けている。だから、クラクフに来てみると、どこへ行ってもポーランド語が聞こえるので仰天した、とも。

しかも、ポーランド文学に関する知識もないに等しかった。ベルリンではドイツ人、スウェーデン人、ノルウェイ人に囲まれて生活していたのだから、土台ポーランド文学について知る機会もなかった。ポーランドに来る一年前のこと、彼はミリアムに手紙で尋ねている――「テトマイェルとは誰?」。ある時、プラハの雑誌『モデルニ・レヴュー』の編集長プロハースカからポーランドにはどんな若い有能な文学者がいるかと手紙で尋ねられ、プシビシェフスキはこう答えている――「ポーランドの若い才能ならイグナツィ・ドンブロフスキだが、彼はもう何も書いていない。ランゲ、カスプローヴィチはもうお年寄りだ。それで全部だ」。そんなことを書いていたプシビシェフスキがやがてそのカスプローヴィチを限りなく崇め、宣伝することになるとは誰が知ろう! 彼はまた同じくプロハースカに宛てて、ポーランドの国内情勢はひどく、もし自分が何か書いたとしても「何ひとつ印刷できないし、すべて没収されるに違いない」としたためている。ポーランド語で書けるのは――とプシビシェフスキの情報提供はつづく――カトリック礼拝のための本以外には、シェンキェーヴィチ式の長篇歴史小説か農民物の中短篇小説だけか、さもなければサロン向けの他愛もない小品程度だ。生計を立てるために、カスプローヴィチは片っ端から翻訳をし、ミリアムは哲学に従事せざるを得ない、云々（哲学がこれほど実入りのいい仕事に出世したのはこれが初めてだろう）。将来の『生』編集長が有していたポーランドについての知識はそんなところだった。興味深いことに、それがいたって幸せな結果を生み、プシビシェフスキが人を刺戟し、創作を胚胎させる役割は極めて大きかったのである。もっとも、クラクフに来る決心をする前、「約束の土地」――彼は自分でこの言葉を使っている――と思われたのは、密接な協力関係にあった雑誌『モデルニ・レヴュー』の発行地、プラハだった。彼はたしかにドイツ語とチェコ語による週刊藝術雑誌をプラハで創刊することを夢見ていた。国家を持たないポーランド人が経験したさまざまな尋常ならざる状況を物語る、ひとつのエピソードである。

この時代、各国のモダニスト・グループが極めて盛んに、互いに国境を越えて交流していた現象には目を瞠るものがある。私たちは、彼がそうしたモダニズム運動を鼓舞する者として、また国際的なメディエイターとしてどれほど活発に活動していたかを、プシビシェフスキの書簡類が印刷公表されて（一九三七～八年）初めて知ることとなった。彼は、自身がおそらく最も多くを吸収していたフランスと、「若きベルギー」、「若きドイツ」、「若きスカンディナヴィア」そして「若きチェコ」の間をせわしなく動き回った。そして熱烈に、献身的に、それどころか、想像もつかないほどの忍耐をもって活動した。そのプシビシェフスキにしても、まさか《若きポーランド》というようなものが生まれるとは、クラクフの地に降り立った日まで、およそ予期していなかった。

わずか一週間のうちに、すべては――そう言っていいだろう――ポーランド熱に取って代わられた。プシビシェフスキは喜び勇んでポーランドの中へ身を投じ、味わい、楽しみ、もはや他のことは何ひとつ知ろうとも聞こうともしなかった。彼がそれまでに蓄えたあらゆる精神的糧《かて》も、自らの才能も、世界のあらゆるモダニズムも、ポーランドに注ぎ込みたいと欲した。そしてプロハースカに、クラクフから書き送った――「私は私の民族を限りなく愛する。その凄まじい愚かさにも拘らず」と。

赤裸の魂の『ワレ告白ス』

そんな予備知識と抱負を懐いた、雑誌『生』の新編集長は、藝術の永遠不滅の価値を求めてキャンペーンを開始した。純粋なる藝術を求める、彼独自の用語に言うところの「赤裸の魂」を求めるその闘争に、彼は持ち前の強烈な個性と情熱を傾注し、同時にヨーロッパ各地のモダニストたちが発する尖鋭な主張をポーランドの土壌に合わせてさほど加減することなく持ち込んだ。結果として、雑誌『生』をめぐる論争はさらに激化することになるのだが、とりわけ評判になったのは、プシビシェフスキ自身が誌上で発表した宣言文『Confiteor〔ワレ告白ス〕』である。彼はその中で、たとえばこんなことを言ったのだ――

「藝術の力を借り、社会に対して教導的にまた道徳的に働きかけること、社会の中に愛国心や社会的本能を呼び覚ますこと、それは藝術を貶めること、絶対の高みから生の貧しい偶有性へ突き落とすことを意味し、それをする藝術家は藝術家の名に値しない。民主的藝術、民衆のための藝術は更に低いところに位置する。民に必要なのはパンであって藝術ではなく、パンさえ手に入れば、自ら進むべき道を見つけられる筈だ……彼の眼が天を貫き、神の威光にも達し、この上なく唾棄すべき汚辱を明るみに出し、最悪の犯罪を再現したとしても、彼自身は神聖にして浄らかである」……

この種の《若きポーランド》的語法が読解できる者であれば、とりたてて怖れをなすことはない筈である。要するにこれは、例えば絵画藝術であれば、美的であることと描かれたテーマが愛国的かどうかは別問題であり、美術としての価値と市民としての徳は違うのだという、すでにだいぶん前から言われてきた主張を、いささか過激な形で表現したものに過ぎなかった。蕪を掘るカーシャを天才的に描くか、あるいは撞球をして遊ぶ二人の女性を——ポトコヴィンスキのように——見事に描くのと、鎧兜姿の騎士を下手に描くのと、どちらがより祖国のために尽くすことになるのか——そんなディレンマは、スタニスワフ・ヴィトキェーヴィチが展開したキャンペーン以降は、すでに自明の理と決まっていたのだ。

しかし、あまりに文字通り受け取られた件《くだん》の『ワレ告白ス』が、新たな悲憤慷慨の波を巻き起こしたことも容易に理解できる。冷静沈着なフミェロフスキでさえもが憤慨して、「退歩、個人主義の傲岸不遜なる放縦」と語った。そうした非難を呼んだ原因には、「赤裸の魂」という表現のメタフィジカルな《裸性》が、あまりにもフィジカルな《裸》として理解されたということもあるし、〔プシビシェフスキの〕ポーランド語訳『死者のミサ』の「初めに欲情があった」という宇宙的なフレーズもあった。しかし何より、藝術の社会的、道徳的、愛国的目的を否定したことは、わが国の状況では挑発として作用した——これもかなりわかりやすいことだ。編集長のこうした排他的な姿勢に嫌気がさし、多くの作家が『生』から身を退いていった。

ところが、プシビシェフスキのこうした冒瀆的なテーゼに怯むことのなかった一人の男がいる。これらのテーゼはその男の藝術理解とは真逆に見えたからなおさら不思議なのだが、当時も今もこのことに誰も気づいていないようだ。しかもその男は、ほどなくポーランド民族の良心を覚醒させた偉大な人物となる。その男とは、スタニスワフ・ヴィスピャンスキである。彼の名は、『ワレ告白ス』が掲載されたまさに同じ号の『生』に「共同編集者」として印字され、その後の半年間、あらゆる非難攻撃の中、彼はプシビシェフスキとともに名を連ねたのだった。ヴィスピャンスキは決して名前だけの編集者ではなく、『生』に対する協力作業はいたって密接なものだった。ヴィスピャンスキが妥協を嫌い、譲歩せず、極めて几帳面だったことはよく知られている。たとえば、有名なエピソードに、非合法活動の檄文に署名したその足でクラクフ美大に行き、教授職から退くという辞表を出したということがある。したがって、自分が賛同して編集していた雑誌の宣言文の内容にヴィスピャンスキが無関心だったということは想像しがたい。『ワレ告白ス』に対するヴィスピャンスキの関係は、非常に興味深い、依然として解明されていない問題のまま残されている。しかし少なくとも、ヴィスピャンスキは、自分の活動を民族のためにする最高の奉仕であると考えつつも、藝術自体の純粋さからは一切の譲歩を認めなかったということになる。

それは一八九九年初頭のことだった。『生』はその後の一年間生き永らえる。それを廃刊に至らしめた要因としては、財政難や厳しい資産没収に加えて、プシビシェフスキが個人的な理由でクラクフを去らざるを得なくなったことが大きかった。一年後、クラクフ市立劇場がヴィスピャンスキの戯曲『婚礼』を上演した。《若きポーランド》が新たな時代に入った瞬間である。

出所　Tadeusz Żeleński, *Początki Młodej Polski*, w: *Tadeusz Żeleński Boy o Krakowie*, oprac. Henryk Markiewicz, Kraków 1968, s. 263-277.

註

1 チェスワフ・ミウォシュ著『ポーランド文学史』五五五～五五七頁。二〇〇六年、未知谷刊。関口時正、西成彦、沼野充義、長谷見一雄、森安達也訳。

2 Stanisław Witkiewicz, *Sztuka i krytyka u nas*, Warszawa 1891, s. 5.

3 Tadeusz Dobrowolski, *Malarstwo polskie ostatnich dwustu lat*, wyd. I, Ossolineum, Wrocław 1976, s. 77.

4 註2と同書 s. 507.

5 *Karol Szymanowski*, „Wiadomości Literackie", nr 44 1932 w: *Karol Szymanowski. Pisma muzyczne*, Kraków 1984, s. 421.

6 Stanisław Niewiadomski, „Słowo Polskie", 24 III 1908, nr 142, wyd. popołudniowe, s. 1-2. W: *Karol Szymanowski. Korenspondencja*, T. 1, 1903-1919, Kraków 1982, s. 166.

7 Aleksander Poliński, *Młoda Polska w muzyce*, „Kurier Warszawski", 22 IV 1907 nr 110. W: Karol Szymanowski, *Pisma*, T. 1 Pisma muzyczne, Kraków 1984, s. 354.

8 津田晃岐訳スタニスワフ・ヴィスピャンスキ作『婚礼』一七五頁（ポーランド文学古典叢書第一一巻、二〇一三年、未知谷刊）。

9 Stanisław Brzozowski, *Legenda Młodej Polski*, Biblioteka Narodowa, Seria I, nr 258, Wrocław 1990, s. 1015.

10 同書 s.979.

11 同書 s.926.

12 同書 s.1108.

13 *Antologia liryki Młodej Polski*, Ossolineum, Wrocław 1990, s. 156-157.

14 Agnieszka Ławniczakowa, *Jacek Malczewski*, Warszawa 1976, s.71.

15 同書 s. 7-8.

16 ミウォシュ、前掲書三八九頁。

17 同書四〇三～四〇四頁。

18 同書三九七～三九八頁。

19 Marian Gorzkowski, *Jan Matejko. Epoka od r. 1861 do końca życia artysty*, Kraków 1993, s. 25.

20 関口時正訳ボレスワフ・プルス作『人形』第二版、六九八～六九九頁（ポーランド文学古典叢書第七巻、二〇一九年、未知谷刊）。

21 Kleczkowski, Antoni, *Złożenie zwłok Adama Mickiewicza na Wawelu dnia 4go Lipca 1890 roku. Książka pamiątkowa z 22 ilustracyami*, Kraków 1890, s. 97.

22 Stefan Żeromski, *Dzienniki*, wyd. 2, t. 6, Warszawa 1966, s. 195, 188. [*Dzieje Krakowa*, t. 3, Kraków 1979, s. 262]

23 Ferdynand Machay, *Moja droga do Polski*, wyd. 2, Kraków 1938, s. 17. [id.]

24 Marian Turski, *Czasy gimnazjalne*. W: *Kopiec wspomnień*, wyd. 2, Kraków 1964, s. 92.

25 Justyna Bajda, *Młoda Polska*, Wrocław 2003, s. 38.

26 Ignacy Matuszewski, „Wstecznictwo czy reakcja”, *Kurier Codzienny*, 1894, nr 277. [*Programy i dyskusje literackie okresu Młodej Polski*, Biblioteka Narodowa, Seria I, Nr 212, 1977, s. 6.]

27 Życie : [tygodnik literacko-naukowy, poświęcony przeważnie sprawom literatury pięknej]. 1887. R. I, nr 1, s. 10. [https://bcul.lib.uni.lodz.pl/dlibra/publication/87896/edition/78845/]

28 Ognisko - organ uczącej się młodzieży polskiej, 1889 październik Rok I, Nr 3 [skonfiskowany], s. 3.

29 Artur Górski, Prolog (1948) do: *Monsalwat. Rzecz o Adamie Mickiewiczu*, wyd. V, Warszawa 1998, s. 6.

30 Stanisław Estreicher, *Lata szkolne Stanisława Wyspiańskiego. Stanisław Wyspiański w Uniwersytecie Jagiellońskim*, Kraków 1933, s. 33-35. [Za: Anna Kieżuń, *Drogi własne – o twórczości młodopolskiej Artura Górskiego*, Białystok 2006, s. 34-35.]

31 Wilhelm Feldman, *Nowi ludzie. Studium psychologiczno-społeczne*, t. 1, Lwów 1894, s. 107.

32 *Król-Duch*――ユリウシュ・スウォヴァツキの神秘主義的、象徴主義的長詩。一八四七年に第一部が刊行されたが、全体としては未完。「若きポーランド」世代の多くの藝術家が傾倒した。チェスワフ・ミウォシュ著『ポーランド文学史』（未知谷）四〇二頁などを参照。

33 長谷見一雄「文芸誌『ヒメラ』の周辺」。『ポロニカ』一九九〇年（創刊号）恒文社刊、一一〇〜一二九頁。

34 戯曲『婚礼』第二幕十場で詩人が言う。

35 テトマイェル『第二詩集』の「序」冒頭。一八九四という年号が付されている。

36 **Bratnia Pomoc**――ポーランドで初めて一八五九年にクラクフ大学で、やや遅れてルヴフ工科大学で発足した学生の互助会。貧しい学生に奨学金を与えたり、食堂を運営した。

37 **Kościuszko pod Racławicami** の訳だが、これはヤン・マテイコが一八八八年に制作した絵画でスキェンニーツェの国民博物館に展示されていたものを指すと考えられるが、これとは別にヴワディスワフ・ルドヴィク・アンチツが書いた同名の戯曲があり、一八八〇年にクラクフで初演された。

38　一月蜂起後、ガリツィアを中心に活動した政治家たちの通称。オーストリア帝国の支配を形式上容認して忠誠を誓い、実質的には民族の自治を強め、拡大することをめざし、ガリツィア州議会やウィーン政府で活躍した。三国分割にいたった原因はむしろポーランド民族自身の失政や過ちにあり、むやみに武装蜂起をすべきでないと説いた。スタンチクStańczykは、十六世紀前半に生き、ポーランド国王に使えた宮廷道化師。本名スタニスワフ。

39　*Jam jest*というこの詩は、すでに一八九一年刊の『第二詩集*Poezje II*』に見える【原注】。

40　この計画は実現に至らず、結局リーデルの詩集が出たのは一九六〇年のことだった【原注】。

41　アダム・ミツキェーヴィチ作『祖霊祭　ヴィリニュス篇』「第四部」（関口時正訳、未知谷刊）一三〇頁。

42　Piast [Stanisław Szczepanowski], *Dezynfekcja prądów europejskich*, „Słowo Polskie", 1898, nr 40.

43　Marian Zdziechowski, *Spór o piękno*, „Przegląd Literacki,", 1898, nr 7.【原注】。

44　プシビシェフスキの名前Przybyszewskiの中にはprzybyszつまり「到着した者」「客」「新参者」という名詞が含まれている。また実際にも、親しい者たちの間でプシビシェフスキはPrzybysz（プシビシュ）と呼ばれていた。

あとがき

本文中にもちょっと触れたが、私は一九七四年一〇月から七六年の七月初めまで留学生としてクラクフという町に住んだことがあり、その後も平均すれば二年に一度くらいは通ったはずなので、《若きポーランド》という言葉はよく知っていた。ヴィスピャンスキが書いた芝居も見たし、描いた絵にも親しんでいた。フェリクス・ヤシェンスキという人物についても調べたり、書いたりしてきた。しかしこれは当たり前ではないことなのだなと、最近になって思い知らされたことがある。ポーランド人民共和国に生まれ育ち、ワルシャワ大学の文系学科を出て、二十代後半だろうか、別の国に移住し、その国の世界的に有名な大学で教授をしている人と話をしていて、「若いポーランド？　それは何？」と尋ねられたのだった。このあとがきを書いている時点から遡って、ちょうど二ヶ月前のことである。その人ももう五十歳代だろうし、学科の主任教授でもある。

衝撃的ではあったけれども、ポーランド文学史や文化史にまったく関心がなければ、ポーランド人であってもなくても、この言葉を知らない人はいる、そしておそらくその数は増えているだろう、ということを私は知った。ましてや日本語の空間では何の意味もなさない言葉だ。

《若きポーランド》を解説できないだろうか、という提案を受け、はじめは途方に暮れたが、そもそもポーランド文化に関することがらの説明は大なり小なり同じで、情報ゼロを前提として始めるほかはないのだった。

題名に「手がかり」という言葉を補ったのは、ここに私が書いたことを手がかりにして、それを検証する、正す、あるいは深める、あるいは広げるというようなことが起こればいいと願ってのことで、「足がかり」という言葉でもいいのかもしれない。もとより、全方位的、総花的、事典的な記述はするつもりがなかった。そうすればエキゾチックな固有名詞の目もくらむような長い羅列で終わるに違いなかった。そうではなしに、語る側の個人的なバイアスも排除しなかったので、でこぼこで穴だらけになった。その一方で、引用が多いが、できるだけ時代の言葉を日本語にして伝えることは自分の第一義的な務めだとも私は思っている。その意味では、全体が資料集のようなものでもある。

時間や紙幅の制限もあり、ザポルスカ、ジェロムスキ、レイモントといった小説家については何ひとつ言及できなかった。ジェロムスキについては、つい数ヶ月前、小原雅俊氏が編んだ監訳『ジェロムスキ短篇集』という本が、未知谷の《ポーランド文学古典叢書》第一二巻として刊行されたので、ぜひ参照していただきたい。スウォヴァツキの『アンヘッリ』も近いうちに翻訳し、マルチェフスキの絵画を添えて刊行する。

人名をたくさん出したが、その綴りは索引に回した。シマノフスキの声楽曲《ペンテシレイア》について触れながら書いたように、楽曲だけでなく、たとえば画家の絵などにも、そのポーランド語の名前をウェブで検索すれば、容易にたどりつけるはずだ。生没年は、重要だと思われる場合だけ、索引で括弧書きした。

思いがけずも《若きポーランド》について書く機会を与えてくださった、ポーランド広報文化センター長のウルシュラ・オスミツカ氏、難しい仕事を引き受けて下さった未知谷の飯島徹氏と編集部の皆様に感謝申し上げたい。

関口時正

二〇二五年二月

若きポーランド　年表

	ポーランド語への翻訳、紹介、公演など	文化史上のできごと
1887		雑誌『生 *Życie*』（ワルシャワ）創刊号にミリアム「我々のもくろみ」掲載
1890	ストリンドバリ作『父』翻訳	ミツキェーヴィチの遺骸をクラクフに移送、王城ヴァヴェルで再葬儀／画家W・テトマイェル、農民の女性と結婚（クラクフ在のブロノヴィーツェ村）／プルス作長篇小説『人形』*Lalka*／カスプローヴィチ詩集『キリスト』*Chrystus*／ヴィトキェーヴィチ（父）ザコパネに定住、建築の《ザコパネ様式》**Styl zakopiański** を提唱
1891	ミリアム、雑誌『世界』に「モーリス・メーテルリンク論」掲載、象徴主義文学理論紹介／イプセン『幽霊』『民衆の敵』／ストリンドバリ『令嬢ジュリー』翻訳	メホフェル、ヴィスピャンスキ、パリ留学／テトマイェル『第一詩集』*Poezje I*／ジェロムスキ短篇小説「強い女性」*Siłaczka*
1892	クヌート・ハムスン『飢え』／ランボー『酔いどれ船』翻訳（ミリアム）	ベルリンでプシビシェフスキ『個人の心理学について』*Zur Psychologie des Individuums* 発表／ジェレンスキ（ボイ）クラクフ大入学（医学）

1893	オーラ・ハンソン『若きスカンディナヴィア』翻訳	マテイコ没／クラクフ市立劇場（後にスウォヴァツキ劇場と改称）完成／ベルリンでプシビシェフスキ『死者のミサ』*Totenmesse* 発表
1894	メーテルリンク『戯曲選集』翻訳出版	言語学者ボドゥアン・ド・クルトネ、クラクフ大学教授／テトマイェル『第二詩集』
1895		1895-6 カルウォーヴィチ《歌曲集》*Pieśni*／ジェロムスキ「われらを啄ばむ鴉たち」／ファワット、クラクフ美術学校校長就任（～1909）
1896	テーヌ『藝術哲学』／メーテルリンク『闖入者』翻訳	シェンキェーヴィチ『クウォ・ヴァディス？ *Quo vadis?*』
1897	ダンヌンツィオ『快楽』／ドストイェフスキー『死の家の記録』／E・A・ポー『短篇小説集』翻訳出版	ポーランド美術家協会《シュトゥカ Sztuka》結成、クラクフ中央広場スキェンニーツェ Sukiennice で第1回展。雑誌『生 *Życie*』（クラクフ）創刊／クラクフ大学哲学部に初の女性入学／マルチェフスキ画《悪循環》
1898	モーパッサン『短篇小説集』／トルストイ『アンナ・カレーニナ』翻訳	グルスキの評論「若きポーランド Młoda Polska」雑誌『生』に掲載／画家ボズナンスカ、パリへ移住／クラクフ

		で国際ポスター展／プシビシェフスキ、雑誌『生』編集長に／ジェロムスキ「シジフォス的労働 *Syzyfowe prace*」／ヴィスピャンスキ『ヴァルシャヴィアンカ』
1899	ストリンドバリ『地獄』／ウェルズ『宇宙戦争』翻訳	レイモント『約束の土地 *Ziemia obiecana*』／スウォヴァツキ『コルディアン』初演／ポーランド女性美術家協会（会長ボズナンスカ）
1900		シマノフスキ op. 1 ピアノのための《九つのプレリュード》、op. 2《カジミェシュ・プシェルヴァ＝テトマイェルの詩による六つの歌》／クラクフ美校、アカデミアに昇格／ヤシェンスキ『Manggha 漫画——藝術、思索、世界をめぐる散策』刊行／初の建築雑誌『建築家』刊行／ヴィスピャンスキと詩人リデル、ともに農民の女性と結婚
1901	ヤシェンスキ蔵日本美術展（ワルシャワ、ザヘンタ美術館）、スキャンダル化／ヤシェンスキ蔵日本美術展（ルヴフ、クラクフ）／ニーチェ『ツァラトゥストゥラはかく語りき』翻訳	雑誌『ヒメラ *Chimera*』創刊／ヴィスピャンスキ『*Wesele* 婚礼』初演／ヴィスピャンスキ演出ミツキェーヴィチ作『祖霊祭』上演／「ポーランド応用美術」協会発足（クラクフ）／12月ヤシェンスキ、クラクフに移住／ワルシャワ・フィルハーモニー創設／カスプローヴィチ詩集『讃歌 *Hymny*』／クラクフで路面電車走る

1902	ドストイェフスキー『白夜』／ハムスン『パン』翻訳／貞奴と川上音二郎、ルヴフ、クラクフ、ウッチ、ワルシャワ各地で巡業公演	ヤシェンスキのコレクションによるポーランド現代美術展／ワルシャワに最初の映画制作会社／カスプローヴィチ詩集『滅びゆく世界に *Ginącemu światu*』／マトゥシェフスキ『スウォヴァツキと新しい藝術 *Słowacki i nowa sztuka*』／ミチンスキ『星々の薄闇に』*W mroku gwiazd*／アントニ・マザノフスキ『小説、抒情詩、戯曲における《若きポーランド》』／シマノフスキ op. 5《ヤン・カスプローヴィチ作『讃歌』より三つの断章》
1903	ワルシャワでムンク展／ルヴフでベックリン展／ワルシャワ歌劇場でヴァグナー『ヴァルキューレ』上演／チェーホフ『短篇小説集』／メーテルリンク『著作集』翻訳	ベレント『朽ち木 *Próchno*』／プシェルヴァ＝テトマイエル『ポトハレの岩山で』／ヴィスピャンスキ『解放』『ボレスワフ大胆王』
1904	コンラッド『ロード・ジム』翻訳	レイモント『農民 *Chłopi*』（-1909）／ヴィスピャンスキ『十一月の夜 *Noc listopadowa*』『アクロポリス』／ザコパネでシマノフスキ、アルトゥル・ルビンシュタイン、ヴィトカツィ会う／シマノフスキ op. 7《ヴァツワフ・ベレントの詩による「白鳥」》
1905	ダンヌンツィオ『巌の乙女』／ワイルド『短篇小説集』／ハンソン『千里眼と占い師』／	シェンキェーヴィチ、ノーベル文学賞／シマノフスキ、カルウォーヴィチら「青年ポーランド作曲家出版協会」結成

	シュニッツラー『輪舞』翻訳	／クラクフに文藝キャバレー『緑の風船』／ヴィスピャンスキ評論『ハムレット』／シマノフスキ、ヴィトカツィと第一回イタリア旅行／シマノフスキ op. 11《タデウシュ・ミチンスキの詩による四つの歌》
1906	ヤシェンスキ『国民博物館分館日本部案内』	ワルシャワでシマノフスキ op. 12《演奏会用序曲》
1907		ヴィスピャンスキ没
1908		シマノフスキ op. 18 ヴィスピャンスキの詩による《ペンテシレイア》／ジェレンスキ、筆名「ボイ」で『《緑の風船》歌集』出版
1909	タデウシュ・ジェレンスキ《ボイ》、初の仏文学翻訳発表（バルザック『結婚の生理学』）／モリエール『人間嫌い』ボイ訳をスウォヴァツキ劇場で上演	クラクフ市立劇場、スウォヴァツキ劇場に改称／クラクフ美大学長にヴィチュウコフスキ／シマノフスキ op. 19《第二交響曲》、op. 20《タデウシュ・ミチンスキの詩による六つの歌》
1910		キスリング、クラクフ美大卒業後パリへ移住／ボズナンスカにレジョン・ドヌール勲章／クラクフ美大学長にアクセントーヴィチ／シマノフスキ op. 8《ピアノソナタ一番》がショパン生誕百年記念作曲コンクールで優勝

1911		ワルシャワでシマノフスキ《第二交響曲》初演／クラクフ美大学長に彫刻家ラシュチュカ
1912	レーニン、クラクフに住む（～1914）	クラクフ美大学長にマルチェフスキ
1914	第一次世界大戦勃発	コンラッド、里帰りでクラクフ、ザコパネに滞在／クラクフ美大学長にメホフェル／人類学者マリノフスキ、ヴィトカツィとともにニューギニアへ発つ

ガリツィアの自治　年表

	ロシア領・プロイセン領	オーストリア領「ガリツィア」
1860		クラクフ大学の自治再開
1861		クラクフ大学で大多数の講義が再びポーランド語で行なわれるようになる
1862	ビスマルク、プロイセン王国首相になる	
1863	一月蜂起	
1864	ワルシャワ美術学校（1844-）講義停止	マテイコ画《スカルガの説教》
1865	（ワルシャワ）ゲルソンの図画教室開講	
1866	ロシア領でポーランド語排除	クラクフ市に独立自治権付与／マテイコ画《ルブリン合同》
1867	ロシア領自治権喪失	ガリツィア自治開始／ユダヤ人の完全平等実現

1868		クラクフに産業技術博物館創設
1869	ワルシャワ中央学校閉鎖	7月8日、カジミェシュ大王再葬儀／ユゼフ・コンラット・コジェニョフスキ（＝ジョウゼフ・コンラッド）クラクフに移住（～1874）
1870		クラクフ大学の全講義でポーランド語使用
1871	ビスマルク、ドイツ帝国初代宰相になる 反ローマ・カトリック的「文化闘争」始まる ゲルマン化を推進し、学校からポーランド語排除	マルツェリーナ・チャルトリスカ公妃、クラクフで最初の演奏会
1872		クラクフに（ポーランド）学藝院設立
1873		クラクフ美術学校校長にマテイコ就任
1876		チャルトリスキ・コレクション、クラクフへ移送／マテイコ画《レイタン》
1877		ルツィアン・マリノフスキ（ブロニスワフの父）クラクフ大学言語学教授

1878		チャルトリスキ公家博物館開設
1879		クラクフ国民博物館創設／マテイコ画《グルンヴァルトの合戦》／ミハウ・ボブジンスキ著『ポーランド史』
1880		第一回ポーランド歴史学者大会／W・L・アンチツ作『ラツワヴィーツェのコシチューシュコ』初演／オーストリア皇帝フランツ・ヨーゼフ一世、クラクフ滞在
1881		クラクフで馬の牽くオムニバス走る／T・ジェレンスキ（ボイ）家族とともにクラクフに移住
1882		マテイコ、クラクフ名誉市民
1883		ソビェスキによるウィーン解放200年祭／クラクフで初の電灯／マルチェフスキ画《エレナイの死》／クラクフ国民博物館開館／パデレフスキ、クラクフで初の演奏会
1885	ロシア領で小学校の完全ロシア化	T・ジェレンスキ（ボイ）、聖アンナ・ギムナジウム入学
1886	プロイセン領でスラヴ人追放政策強まる	カジミェシュ・バデーニ伯、ガリツィア総督就任

1888		ザコパネにタトリ博物館創設／マテイコ画《ラツワヴィーツェのコシチューシュコ》
1890	ポツコヴィンスキ、パンキェーヴィチ、パリから帰国し、印象主義風作品を展示し、ゲルソンに批判される	ミツキェーヴィチの遺骸をクラクフに移送、王城ヴァヴェルで再葬儀／画家W・テトマイェル、農民の女性と結婚（ブロノヴィーツェ村）
1891		五月三日憲法100年祭／クラクフ大学の社会主義学生デモ
1894		コシチューシュコ蜂起100年祭
1895		バデーニ、オーストリア首相になり、「言語令」
1897		ルヴフのオペラ座建設開始（1900年開場）／ポーランド美術家協会「シュトゥカ」結成、第一回展
1898		ミツキェーヴィチ生誕100年祭、中央広場に銅像建立

ポーランド広報文化センター
INSTYTUT POLSKI TOKIO

本書は、ポーランド広報文化センターが後援すると共に
出版経費を助成し、刊行されました。

Niniejsza publikacja została wydana pod patronatem
i dzięki finansowemu wsparciu Instytutu Polskiego w Tokio.

人名索引（文末脚注と年表は含まない）

アスニク、アダム（Asnyk, Adam / 1838-1897） 89, 98, 99, 136, 144, 146, 156, 157
礒田湖龍斎 130
イプセン、ヘンリク（Ibsen, Henrik） 155
ヴァイス、ヴォイチェフ（Weiss, Wojciech / 1875-1950） 86
ヴァイダ、アンジェイ（Wajda, Andrzej / 1926-2016） 44
ヴァグナー、リヒャルト（Wagner, Richard） 36
ウイェイスキ、コルネル（Ujejski, Kornel / 1823-1897） 89
ヴィジコフスキ、スタニスワフ（Wyrzykowski, Stanisław / 1869-1949） 99
ヴィスピャンスキ、スタニスワフ（Wyspiański, Stanisław / 1869-1907） 18, 22, 25, 31, 32, 37-41, 44-47, 62, 63, 71, 91, 94, 95, 120, 130-132, 135, 137-139, 153, 158, 159, 166, 167
ヴィチュウコフスキ、レオン（Wyczółkowski, Leon / 1852-1936） 20-24, 44, 126, 127, 155
ヴィトカツィ（あだ名）＝ヴィトキェーヴィチ（子）、スタニスワフ・イグナツィ（Witkacy = Witkiewicz, Stanisław Ignacy / 1885-1939） 38, 63
ヴィトキェーヴィチ（父）、スタニスワフ（Witkiewicz, Stanisław / 1851-1915） 16-20, 50, 165
ヴェルアレン〔ヴェルハーレン〕、エミール（Verhaeren, Émile） 121
ヴェルレーヌ、ポール（Verlaine, Paul） 109, 152, 153
ヴォルスカ、マリラ（Wolska, Maryla / 1873-1930） 147
歌川國芳 130
歌川廣重 126, 129
エストライヘル、スタニスワフ（Estreicher, Stanisław / 1869-1939） 94, 95
エレディア、ジョゼ・マリア・ド〔ホセ・マリア・デ〕（Hérédia, José Maria de） 152
エンゲルス、フリードリヒ（Engels, Friedrich） 41
尾形光琳 130
オクン、エドヴァルト（Okuń, Edward / 1872-1945） 131
オストロフスカ、ブロニスワヴァ（Ostrowska, Bronisława / 1881-1928） 147, 152
オディニェツ、アントニ・エドヴァルト（Odyniec, Antoni Edward / 1804-1885） 98
オホローヴィチ、ユリアン（Ochorowicz, Julian / 1850-1917） 153

オルカン、ヴワディスワフ（Orkan, Władysław / 1875-1930） 153, 155
オルドヌヴナ、ヴワディスワヴァ（Ordonówna (= Ordon-Sosnowska), Władysława / 1879-1933） 37
カジミェシュ三世（Kazimierz III Wielki / 1310-1370） 78
カスプローヴィチ、ヤン（Kasprowicz, Jan / 1860-1926） 24, 25, 89, 101, 126, 131, 135, 136, 147, 151, 154, 155, 162, 163
勝川春章 130
葛飾北斎 130
カルウォーヴィチ、ミェチスワフ（Karłowicz, Mieczysław / 1876-1909） 7-9, 35
カルデロン〔・デ・ラ・バルカ〕、ペドロ（Pedro Calderón de la Barca） 88
カルドゥッチ、ジョズエ（Carducci, Giosuè Alessandro Giuseppe） 88
カントル、タデウシュ（Kantor, Tadeusz / 1915-1990） 38, 44
キーツ、ジョン（Keats, John）126
ギェブウトフスカ、テオドラ（Giebułtowska, Teodora / 1846-1896） 73
ギェリムスキ、アレクサンデル（Gierymski, Aleksander / 1850-1901） 76
喜多川歌麿 130
クールベ、ギュスターヴ（Courbet, Gustave） 51
グジェゴジェフスキ、イェジー（Grzegorzewski, Jerzy / 1939-2005） 44
グジマワ＝シェドレツキ、アダム（Grzymała-Siedlecki, Adam / 1876-1967） 38
クフィアトコフスキ、テオフィル（Kwiatkowski, Teofil / 1809-1891） 62
クラシェフスキ、ユゼフ・イグナツィ（Kraszewski, Józef Ignacy / 1812-1887） 138, 139
クラシンスキ、アダム（Krasiński, Adam / 1870-1909） 144
クラシンスキ、ズィグムント（Krasiński, Zygmunt / 1812-1859） 64, 137, 149
クラチュコ、ユリアン（Klaczko, Julian/ 1825-1906） 102
クリヴルト、アレクサンデル（Krywult, Aleksander / 1845-1903） 127, 128
クリンガー、マックス（Klinger, Max） 128, 130
グルスキ、アルトゥル（Górski, Artur / 1870-1959） 89, 91, 92, 94-98, 107, 110, 131, 159, 160
グルスキ、コンスタンティ（Górski, Konstanty Marian / 1862-1909） 99, 100
グロットゲル、アルトゥル（Grottger, Artur / 1837-1867） 68-72
グロトフスキ、イェジー（Grotowski, Jerzy / 1933-1999） 44
ゲーテ、ヨハン・ヴォルフガング・フォン（Goethe, Johann Wolfgang von） 89, 152, 158
コシチューシュコ、タデウシュ（Kościuszko, Tadeusz / 1746-1817） 83, 138
ゴシュコフスキ、マリアン（Gorzkowski, Marian / 1830-1911） 73
ゴシュチンスキ、セヴェリン（Goszczyński, Seweryn / 1801-1876） 144
コタルビンスキ、ユゼフ（Kotarbiński, Józef / 1849-1928） 159
コナルスキ、シモン（Konarski, Szymon / 1808-1839） 91
コノプニツカ、マリア（Konopnicka, Maria / 1842-1910） 89, 98, 146, 153
ゴムリツキ、ヴィクトル（Gomulicki, Wiktor / 1848-1919） 106, 136
コモルニツカ、マリア（Komornicka, Maria / 1876-1949） 99, 147
ゴヤ、フランチスコ（Goya y Lucientes, Francisco José de） 130
コラブ＝ブジョゾフスキ、ヴィンツェンティ（Korab-Brzozowski, Wincenty / 1877-1941） 151
コンラッド（コジェニョフスキ）、ジョウゼフ（Conrad (Korzeniowski), Joseph / 1857-1924） 57
ザヴィストフスカ、カジミェラ（Zawistowska, Kazimiera / 1870-1902） 147, 151
ザポルスカ、ガブリエラ（Zapolska, Gabriela / 1857-192） 110, 153

ザモイスキ、ヤン（Zamoyski, Jan / 1542-1605） 19
サルネツキ、ズィグムント（Sarnecki, Zygmunt / 1837-1922） 151
ジェヴスキ、スタニスワフ（Rzewuski, Stanisław / 1864-1913） 102
シェリー、パースィ・ビッシュ（Shelley, Percy Bysshe） 88, 89, 102, 103
シェルート、アポリナリ（Szeluto, Apolinary / 1884-1966） 35
ジェレンスキ、タデウシュ《ボイ》（Żeleński, Tadeusz „Boy"/ 1874-1941） 107, 132, 133
ジェロムスキ、ステファン（Żeromski, Stefan / 1864-1925） 40, 81, 82, 106, 131
シェンキェーヴィチ、ヘンリク（Sienkiewicz, Henryk / 1846-1916） 144-146, 161, 162
シマノフスキ、カロル（Szymanowski, Karol / 1882-1937） 13, 24-26, 29, 31, 32, 34-36, 38
シューマン、ローベルト（Schumann, Robert） 102, 104
シュキェーヴィチ、マチェイ（Szukiewicz, Maciej / 1870-1943） 99
シュチェパノフスキ、スタニスワフ（Szczepanowski, Stanisław / 1846-1900） 154-156, 160
シュチェパンスキ、ルドヴィク（Szczepański, Ludwik / 1872-1954） 97, 99, 107, 153, 156, 157
シュトラウス、リヒャルト（Strauss, Richard） 36
ジュワフスキ、イェジー（Żuławski, Jerzy / 1874-1915） 99, 153
ショーペンハウアー、アルトゥル（Schopenhauer, Arthur） 111
ショパン、フリデリク（Chopin, Fryderyk / 1810-1849） 31, 36, 61, 62, 72, 73, 76, 102, 104, 158
ショパン、ミコワイ（Chopin, Mikołaj / 1771-1844） 72
ズィフ→ジェロムスキ、ステファン（Zych → Żeromski, Stefan）
スウィンバーン、アルジャーノン・チャールズ（Swinburne, Algernon Charles） 89
スウォヴァツキ、ユリウシュ（Słowacki, Juliusz / 1809-1849） 52-54, 56, 57, 59, 64, 102, 103, 135, 137, 148-150, 154, 155
スクシンスキ、ヴワディスワフ（Skrzyński, Władysław / 1873-1937） 145
鈴木春信 130
スタッフ、レオポルト（Staff, Leopold / 1878-1957） 131, 148, 151
スタニスワフ（司教）（Stanisław ze Szczepanowa / ?-1079） 37, 38
スタニスワフスキ、ヤン（Stanisławski, Jan / 1860-1907） 31, 130
ズヂェホフスキ、マリアン（Zdziechowski, Marian / 1861-1938） 107, 156
ストルツマン、カロル（Stolzman, Karol / 1793-1854） 91
セヴェル → マチェヨフスキ、イグナツィ（Sewer → Maciejowski, Ignacy / 1835-1901） 153
ゾラ、エミール（Zola, Émile） 155
ダ・ヴィンチ、レオナルド（Da Vinci, Leonardo） 79
ターナー、ウィリアム（Turner, William） 57
ダグー、マリー（d'Agout, Marie / 1805-1876） 51
ダシンスカ＝ゴリンスカ、ゾフィア（Daszyńska-Golińska, Zofia / 1860(1866)-1934） 153
ダシンスキ、イグナツィ（Daszyński, Ignacy / 1866-1936） 92
ダニウォフスキ、グスタフ（Daniłowski, Gustaw / 1871-1927） 152
タルノフスキ、スタニスワフ（Tarnowski, Stanisław / 1837-1917） 149
ダンヌンツィオ、ガブリエーレ（d'Annunzio, Gabriele） 109, 160
チャルトリスカ、イザベラ（Czartoryska, Izabela / 1746-1835） 79
チャルトリスキ、アダム・イェジー（Czartoryski, Adam Jerzy / 1770-1861） 79
チャルトリスキ、ヴワディスワフ（Czartoryski, Władysław / 1828-1894） 70, 78, 79
津田晃岐 39

ディガシンスキ、アドルフ（Dygasiński, Adolf / 1839-1902） 59, 131
テトマイェル、ヴウォジミェシュ（Tetmajer (-Przerwa), Włodzimierz / 1861-1923） 46, 158
テトマイェル、カジミェシュ（Tetmajer (-Przerwa), Kazimierz / 1865-1940） 8, 12, 13, 15, 24, 92, 98, 100, 101, 135, 136, 142-148, 150, 153, 156, 162
デューラー、アルブレヒト（Dürer, Albrecht） 129
デンビツキ、スタニスワフ（Dębicki, Stanisław / 1866-1924） 125
トルストイ、レフ（Tolstoi, Lev） 112, 122
ドンブロフスキ、イグナツィ（Dąbrowski, Ignacy / 1869-1932） 162
ナポレオン・ボナパルト（Napoléon Bonaparte） 72
ニェヴィアドムスキ、スタニスワフ（Niewiadomski, Stanisław / 1857-1936） 34
ニェモイェフスキ、アンジェイ（Niemojewski, Andrzej / 1864-1921） 99, 142, 143, 147
ノヴァチンスキ、アドルフ（Nowaczyński, Adolf / 1876-1944） 153
ノヴィツキ、フランチシェク（Nowicki, Franciszek / 1864-1935） 99, 138, 142, 143, 147
ノルヴィット、ツィプリアン・カミル（Norwid, Cyprian Kamil / 1821-1883） 64, 121, 131, 135, 150
バイダ、ユスティナ（Bajda, Justyna） 86
ハイネ、ハインリヒ（Heine, Heinrich） 88, 145
バイロン、ジョージ・ゴードン（Byron, George Gordon） 89, 103, 150
ハウビンスキ、ティトゥス（Chałubiński, Tytus / 1820-1889） 144
パヴリコフスキ、タデウシュ（Pawlikowski, Tadeusz / 1861-1915） 139, 144
バデーニ、カジミェシュ（Badeni, Kazimierz / 1846-1909） 80
パデレフスキ、イグナツィ・ヤン（Paderewski, Jan Ignacy / 1860-1941） 158
バルザック、オノレ・ド（Balzac, Honoré de） 132
バルテルス、アルトゥル（Bartels, Artur / 1818-1885） 99
バルトシェーヴィチ、カジミェシュ（Bartoszewicz, Kazimierz / 1852-1930） 140
ピウスツキ、ユゼフ（Piłsudski, Józef / 1867-1935） 149
ピェンコフスキ、スタニスワフ（Pieńkowski, Stanisław / 1872-1944） 99, 100
ビスマルク、オットー・フォン（Bismarck, Otto von） 78
ピトコ、テオドラ・テオフィラ（Pytko (-Wyspiańska), Teodora Teofila / 1868-1957） 45
ピラネージ、ジョヴァンニ・バッティスタ（Piranesi, Giovanni Battista (Giambattista)） 129
ビング、サミュエル（Bing, Samuel Siegfried / 1838-1905） 127
フィテルベルク、グジェゴシュ（Fitelberg, Grzegorz / 1879-1953） 35, 36
フーリエ、シャルル（Fourier, Charles） 116
フェルドマン、ヴィルヘルム（Feldman, Wilhelm / 1868-1919） 92, 96, 97
プシェスメツキ、ゼノン《ミリアム》（Przesmycki, Zenon „Miriam" / 1861-1944） 87, 89, 111, 121, 125, 129, 131, 135, 136, 150, 151, 153, 162, 163
プシビシェフスキ、スタニスワフ（Przybyszewski, Stanisław / 1868-1927） 25, 101-104, 106, 109-111, 120, 131, 161-164, 166, 167
ブジョゾフスキ、スタニスワフ（Brzozowski, Stanisław / 1878-1911） 40, 41, 134, 152
フミェル、アダム（Chmiel, Adam / 1865-1934） 44
フミェロフスキ、ピョートル（Chmielowski, Piotr / 1848-1904） 89, 165
プラトン（Platon） 112
フランチェスコ（聖）（Francesco d'Assisi） 25, 62
プルシュコフスキ、ヴィトルト（Pruszkowski, Witold / 1846-1896） 71

プルス、ボレスワフ（Prus, Bolesław / 1847-1912） 74, 76
フレドロ、アレクサンデル（Fredro, Aleksander / 1793-1876） 149
プロハースカ、アルノシュト（Procházka, Arnošt / 1869-1925） 162, 164
ブロフ、ヤン・ゴトリプ（Bloch, Jan Gotlib / 1836-1902） 146
フロベール、ギュスターヴ（Flaubert, Gustave） 155
ヘケル、エミル（Haecker, Emil / 1875-1934） 94
ベニョフスキ、マウリツィ・アウグスト（Beniowski, Maurycy August / 1746-1786） 54, 56, 103
ベレント、ヴァツワフ（Berent, Wacław / 1878-1940） 24, 131, 133
ホイェツキ、エドムント（筆名シャルル＝エドモン）（Chojecki, Edmund = Charles-Edmond / 1822-1899）
102
ボイ→ジェレンスキ、タデウシュ（Boy → Żeleński, Tadeusz）
ホイットマン、ウォルト（Whitman, Walt） 89
ポー、エドガー・アラン（Poe, Edgar Allan） 103
ボードレール、シャルル（Baudelaire, Charles） 89, 152
ポトカンスキ、カロル（Potkański, Karol / 1862-1907） 144
ポトコヴィンスキ、ヴワディスワフ（Podkowiński, Władysław / 1866-1895） 62, 157, 165
ポトツキ、アルフレット・ユゼフ（Potocki, Alfred Józef / 1817-1889） 80
ポリンスキ、アレクサンデル（Poliński, Aleksander / 1845-1916） 35, 36
ボレスワフ大胆王（Bolesław Śmiały / 1042?-1081?） 37
ポレンボーヴィチ、エドヴァルト（Porębowicz, Edward / 1862-1937） 150, 151
マウェツキ、アントニ（Małecki, Antoni / 1821-1913） 149
マスウォフスキ、スタニスワフ（Masłowski, Stanisław / 1853-1926） 129
マゼッパ（マゼーパ）、イヴァン（Mazepa, Iwan / 1639-1709） 53
マッツィーニ、ジュゼッペ（Mazzini, Giuseppe） 90
マテイコ、ヤン（Matejko, Jan / 1838-1893） 17,18, 47, 48, 50, 69-73, 83, 138, 140, 158
マトゥシェフスキ、イグナツィ（Matuszewski, Ignacy / 1858-1919） 86
マラルメ、ステファヌ（Mallarmé, Stéphane） 89, 153
マルキェーヴィチ、ヘンリク（Markiewicz, Henryk / 1922-2013） 62
マルクス、カール（Marx, Karl） 41
マルチェフスキ、アントニ（Malczewski, Antoni / 1793-1826） 149
マルチェフスキ、ヤツェク（Malczewski, Jacek / 1854-1929） 18, 25, 30, 47, 48, 50-53, 55-59, 71, 156
マルチェフスキ、ユリアン（Julian Malczewski / 1820-1883） 48, 50, 52
ミウォシュ、チェスワフ（Miłosz, Czesław / 1911-2004） 12, 56, 58
ミコワイチク、アンナ（Mikołajczyk, Anna） 46
ミコワイチク、ヤドヴィガ（Mikołajczyk, Jadwiga） 46
ミチンスキ、タデウシュ（Miciński, Tadeusz / 1873-1918） 24, 25, 131
ミツキェーヴィチ、アダム（Mickiewicz, Adam / 1798-1855） 19, 39, 52, 53, 57, 64, 74, 75, 79, 80,
103, 135, 137-139, 146, 147, 149, 150, 152, 154, 155, 160
ミリアム → プシェスメツキ、ゼノン（Miriam → Przesmycki, Zenon）
ムンク、エドヴァルド（Munch, Edvard） 86, 128
メーテルリンク、モーリス（Maeterlinck, Maurice） 104, 109, 150, 155
メホフェル、ユゼフ（Mehoffer, Józef / 1869-1946） 18, 130
モニューシュコ、スタニスワフ（Moniuszko, Stanisław / 1819-1872） 36

モロー、ギュスターヴ（Moreau, Gustave） 128, 130
ヤヴォルスキ、ヴワディスワフ・レオポルト（Jaworski, Władysław Leopold / 1865-1930） 138, 142
ヤシェンスキ、フェリクス（Jasieński, Feliks / 1861-1929） 19, 23, 24, 62, 126-130
ヤンコフスキ、チェスワフ（Jankowski, Czesław / 1857-1929） 98, 100, 101
ユイスマンス、ジョリス＝カルル（Huysmans, Joris-Karl） 109, 153
ユゴー、ヴィクトル（Hugo, Victor） 65, 67, 70, 89
ラマルティーヌ、アルフォンス・ド（Lamartine, Alphonse de） 88
ラマン〔レーマン〕、アンリ・エルネスト（Lehmann, Henri Ernest） 51
ラモリーノ、ジローラモ（Ramorino, Girolamo / 1792-1849） 90
ランゲ、アントニ（Lange, Antoni / 1862-1929） 89, 136, 150, 151, 161, 162
ランボー、アルチュール（Rimbaud, Arthur） 148, 150
リーデル → ロリチュ＝リーデル
リヴィエール、アンリ（Rivière, Henri） 128, 129
リスト、フランツ（List, Franz） 51
リデル、ルツィアン（Rydel, Lucjan / 1870-1918） 46, 99, 158
ルジツキ、ルドミル（Różycki, Ludomir / 1883-1953） 35, 36, 38
ルッジェロ王（Ruggero II di Sicilia / 1095-1154） 32
ルドン、オディロン（Redon, Odilon） 128
レイモント、ヴワディスワフ・スタニスワフ（Reymont, Władysław Stanisław / 1867-1925） 131, 155
レシミャン、ボレスワフ（Leśmian, Bolesław / 1877-1937） 131
レナルトーヴィチ、テオフィル（Lenartowicz, Teofil / 1822-1893） 138
レレヴェル、ヨアヒム（Lelewel, Joachim / 1786-1861） 91
ロセッティ、ダンテ・ゲイブリエル（Rossetti, Dante Gabriel） 89
ロリチュ＝リーデル、ヴァツワフ（Rolicz-Lieder. Wacław / 1866-1912） 140-142, 149
ロレントーヴィチ、ヤン（Lorentowicz, Jan / 1868-1940） 151
ワイルド、オスカー（Wilde, Oscar） 36, 153

図版一覧

図1　サタン峰頂上のミェチスワフ・カルウォーヴィチ 1907年
„Mieczysław Karłowicz na Szatanie”　撮影者 W. Boldireff
https://zeromszczacy.pl/odezwa-stefana-zeromskiego-po-smierci-mieczyslawa-karlowicza-id1322.html
図2　ヴィトキェーヴィチ《黒池――吹雪》1892年
„Czarny Staw – kurniawa”　クラクフ国立博物館蔵　MNK II-a-491
図3　ヴィトキェーヴィチ《風炎》1895年
„Wiatr halny”　クラクフ国立博物館蔵　MNK II-a-490
図4　ヴィチュウコフスキ《黒池から見たモルスキェ・オコ》1905年
„Morskie Oko z Czarnego Stawu”　ポズナン国立博物館蔵 MNP FR 127 (d. Mp 1440)
図5　マルチェフスキ《ヤン・カスプローヴィチ》1903年
„Jan Kasprowicz”　ワルシャワ国立博物館蔵 MP 377 MNW
図6　マルチェフスキ連作《ルサウキ》のうち《物憑き》1888年
„Opętany” z cyklu: „Rusałki”　ヤギェロン大学博物館蔵

https://maius.uj.edu.pl/muzeum/otwarte-muzeum/adaptacje/rusalki

図 7　ヴィスピャンスキ《ヘレンカと花瓶》1902 年
„Helenka z wazonem"　クラクフ国立博物館蔵 MNK III-r.a-12549

図 8　ヴィスピャンスキ《自画像》1903 年
„Autoportret Stanisława Wyspiańskiego"　クラクフ国立博物館蔵 MNK III-r.a-12544

図 9 ヤツェク・マルチェフスキ　1925 年頃
„Nowości Ilustrowane", nr 25, 1925.06.20　https://jbc.bj.uj.edu.pl/publication/124679

図 10　マルチェフスキ《小川のほとりに行きたまえ》1909 ～ 10 年
„Idź nad strumienie"　ワルシャワ国立博物館蔵 MP 1046-1048 MNW

図 11　『ポーランド文学史大鑑』(PWN)　撮影者　関口時正

図 12　グロットゲル《ポロニア》1863 年
ブダペスト美術館（Museum of Fine Arts, Budapest）蔵　1912-1919

図 13　マテイコ《ポロニア――1863》1864 年
Polonia – Rok 1863　クラクフ国立博物館蔵 MNK XII-453

図 14　アルトゥル・グロットゲル　1863 年頃
ポーランド国立図書館蔵写真　Polona Digital Library
https://polona.pl/item/portret-artura-grottgera,Nzc2ODQ0/

図 15　ヤン・マテイコ　1891 年頃
ポーランド国立図書館蔵写真　Polona Digital Library
http://www.polona.pl/dlibra/doccontent2?id=9912&from=latest

図 16　アレクサンデル・ギェリムスキ《オレンジを売るユダヤ人の女》1880 ～ 1881 年
ワルシャワ国立博物館蔵 MP 5526 MNW

図 17　ミツキェーヴィチの遺骨を運ぶ葬列　1890 年 7 月 4 日
Złożenie zwłok Adama Mickiewicza na Wawelu dnia 4go lipca 1890 roku : książka pamiątkowa z 22 ilustracyami, 1890 Kraków, s. 97.

図 18　ポーランド＝リトアニア共和国の紋章
Bolesław Starzyński, *Herby Rzeczypospolitej Polskiej i W. X. Litewskiego. T. 8, „Skoligacenia"*, [1875-1900]　手稿製本表紙　ヤギェロンスカ図書館蔵 BJ Rkp. 7013 III
https://jbc.bj.uj.edu.pl/dlibra/publication/566908/edition/601490/content

図 19　ミリアム 1905 年以前
https://commons.wikimedia.org/wiki/File:ZenonPrzesmycki.jpg

図 20　テトマイェル「編集部への手紙」 „Życie", nr 2, 8 stycznia 1898, s. 22.

図 21　スタニスワフ・プシビシェフスキ 1927 年以前
https://audiovis.nac.gov.pl/obraz/46670/76b613ea372d173b0ffc917aba726502/

図 22　『ヒメラ』第三号　„Chimera", T. 1, Z. 3, 1900, s. 490.

図 23　『ヒメラ』第五号　„Chimera", T. 2, Z. 5, 1901, 2. 288.

図 24　ヴィチュウコフスキ《フェリクス・ヤシェンスキ》1911 年
„Portret Feliksa Jasieńskiego w błękitnym kaftanie"　クラクフ国立博物館蔵 MNK III-r.a-13403

図 25　《ボイ》タデウシュ・ジェレンスキ　1933 年
Biblioteka Cyfrowa WBP w Lublinie　oai:bc.wbp.lublin.pl:23685
https://bc.wbp.lublin.pl/dlibra/publication/edition/23685

せきぐち ときまさ

東京生まれ。東京大学卒。1974 ～ 1976 年、ポーランド政府給費留学（クラクフ）。1992 ～ 2013 年、東京外国語大学教員（ポーランド文化）。同大名誉教授。著書に『白水社ポーランド語辞典』（共編）、『ポーランドと他者』（みすず書房）、Eseje nie całkiem polskie（クラクフ Universitas 刊）、訳書にコハノフスキ作『挽歌』、『歌とフラシュキ』、ミツキェーヴィチ作『バラードとロマンス』、『祖霊祭　ヴィリニュス篇』、ヴィトカツィ作『ヴィトカツィの戯曲四篇』、プルス作『人形』（第 69 回読売文学賞、第 4 回日本翻訳大賞）、『ヘルベルト詩集』——以上未知谷刊——イヴァシュキェヴィッチ作『尼僧ヨアンナ』（岩波文庫）、レム作『主の変容病院・挑発』（国書刊行会）。共訳書にミウォシュ作『ポーランド文学史』（未知谷）、『ショパン全書簡』シリーズ（岩波書店）など。受賞に 2018 年《ポーランド舞台藝術作家・作曲家連盟 ZAiKS 賞》、2019 年ポーランド《フリデリク・ショパン協会賞》、2021 年《トランスアトランティック賞》（ポーランド文学翻訳の業績に対して）、2025 年ポーランド文化功労章 Gloria Artis 金賞など。

若きポーランド　手がかり

二〇二五年四月　五　日印刷
二〇二五年四月十五日発行

著者　関口時正
発行者　飯島徹
発行所　未知谷
東京都千代田区神田猿楽町二・五・九
〒一〇一・〇〇六四
Tel.03-5281-3751／Fax.03-5281-3752
［振替］00130-4-653627

組版　柏木薫
印刷　モリモト印刷
製本　牧製本

Publisher Michitani Co. Ltd., Tokyo
ISBN978-4-89642-752-3　C0098